Jan Becker – Teenager sein ist ganz schön schwer!

Jan Becker

Bibliografische Informationen der Deutschen Nationalbibliothek:

Die Deutsche Nationalbibliothek verzeichnet diese Publikation in der Deutschen Nationalbibliographie. Detaillierte bibliographische Daten sind im Internet über http://dnb.dnb.de abrufbar.

Impressum

Jan Becker, »Jan Becker – Teenager sein ist ganz schön schwer!«
www.Jakobs-Verlag.de

Lektorat: Birgit Rentz
Text: Jan Becker
Bilder: Jan Becker & Nicole Lümken
Bildquelle: Bild: goglik83/clipdealer.com
ISBN 978-3-946490-34-0

Jan Becker
Teenager sein ist ganz schön schwer!

Jan Becker

Inhalt

Da ich ja seit meinem letzten Buch feststellen durfte, dass auch viele Erwachsene meine Geschichten lesen, möchte ich mal etwas dazu sagen:

Meine Bücher sind nicht für euch Erwachsene bestimmt. Ich meine – okay –, es ist schon krass, wie ihr euch über meine Geschichten kaputtlacht und dass ihr sie überhaupt cool findet, aber sie sind für die jungen Leser gedacht. Alles klar? Gut!

Ich schreibe, wie ich denke, und das trotzig, witzig, zum Teil auch ironisch. Selbst wenn sich eine Beschreibung mal abfällig lesen sollte, lasse ich einfach alle Fünfe gerade sein. Doch ich kann auch anders – schließlich gelte ich als »Herr Schlaumeier« –, nämlich sehr schön und weise schreiben. Also viel Spaß!

Deswegen nicht falsch verstehen, dass ich auch mal echt krass schreibe, aber ich hab meine Familie und auch die Mädels wirklich gern und finde eben, dass ihr ruhig erfahren sollt, was man mit denen so erleben kann! Auch wenn es sich nicht immer danach anhört.

Mit den Mädels ist das auch so eine Sache. Ehe ich aber zum Pantoffelhelden werde, obwohl ich in die

Julia voll verknutscht bin, musste ich handeln. Was dann alles passiert ist und was wir so gemacht haben, das geht euch Mamis, Papis, Omis, Opis und alle anderen Erwachsenen echt nix an. Fehler und Pannen können nur mal passieren. Das muss aber nicht jeder wissen. Klaro!

Hallo ihr Lieben,

ich bin's wieder, euer Jan Becker. Heute mit meinem neuen Titel: »Teenager sein ist ganz schön schwer!«

Der ist entstanden, weil ich finde, dass Eltern und andere Erwachsene echt mal 'nen Gang zurückschalten und chilliger sein sollten, dass aber – und das ist der Hauptgrund – Mädchen voll süß ebenso wie schräg sein können. Von wegen Schmetterlinge im Bauch! Habt ihr schon mal welche in eurem Bäuchlein rumschwirren gehabt? Ich vorher auch nicht, aber dann haben sie sich in meinem Bauch eine Zeit lang eingenistet.

Erwachsene sind immer so aggro drauf, dass man manchmal echt Angst hat. Alles, was man sagt, wird auf die Goldwaage gelegt, und selber dürfen und machen die einfach alles – vor allem falsch. Voll nervig so was. Und außerdem ist es überflüssig, sich bei jeder Kleinigkeit aufzuregen, die denken gar nicht an ihr Herz. ☺

Doch lest selbst, und wahrscheinlich entdeckt ihr Dinge in meinen Geschichten, die euch bekannt vorkommen, so als wenn ihr sie selber erlebt hättet.

Viel Spaß beim Lesen!

Euer Jan

Attacke Lehrer

Da hockt man ganze fünf Tage die Woche in der Schule und fragt sich manches Mal echt warum. Schon krass ey. Was die uns da beibringen wollen, ist doch oft überflüssig und nie im Leben anwendbar, aber Hauptsache, wir wissen Bescheid, wa? Wozu machen Lehrer, aber auch die Eltern und andere Erwachsene das? Wahrscheinlich, weil die echt nix zu tun haben oder nie im Leben selbst Kind gewesen sind. Ich empfinde das mittlerweile als Beschäftigungstherapie – mehr nicht!

Noch besser aber sind die Lehrer, die einen beim Blödsinnmachen erwischen. Die tun so, als wenn sie in ihrer Schulzeit immer alles richtig und gut gemacht hätten. Und wenn man das anspricht, dann kommen wilde Storys wie: »Früher haben wir mit dem Rohrstock eins übergebraten bekommen!« Doch, liebe Lehrer, wir leben im 20. Jahrhundert und die Prügelmethoden sind abgeschafft worden. Warum geht das nicht in eure kleinen Spatzenhirnis rein? Hat man euch nicht beigebracht, dass man im Leben nie auslernt, sondern dazulernen muss? So, wie ihr euch hinstellt, ganz offensichtlich nicht.

Stellt euch mal vor, die Lehrer würden immer noch mit dem Stock zuschlagen dürfen. Oh oh, dann würden alle Kids nur noch grün und blau geschlagen rumlaufen. Also echt, die sollten schleunigst zum Psycho-Doc, damit der denen mal dieses Hirngespenst aus dem Kopp treibt. Voll nicht mehr normal.

Nun denn, meine Schulfreunde Jannik, Florian, Michael, Tobi, Stefan und ich hatten eines Tages voll gute Laune und heckten zusammen was aus. Wir wollten noch bis zur Pause warten, ehe wir mit unserem Plan loslegten. Erst mal hieß es Dütschunterricht.

Unsere Klassenarbeit von letzter Woche war fertig geprüft, wie Herr Biester, der olle Dütschlehrer, zu sagen pflegte. Der hatte wohl vergessen, dass wir nicht beim TÜV, sondern in der Schule waren, wo man korrigiert und kontrolliert. Was für ein Schussel! Wahrscheinlich wäre er in seinem Leben gerne TÜV-Prüfer geworden. Heutzutage würde kaum noch ein Auto auf der Straße fahren, wenn der die Abnahme machen würde. Hahaha! Mal sehen, wer wohl heute das Siegel »durchgefallen« erhält. Herrn Biester mochte fast keiner auf der Schule, weil der so krass schräg und streng unterwegs war. Und ausgerechnet der unterrichtete uns. Und das war kein Katzenschleck, das könnt ihr mir glauben!

Kaum betrat Herr Biester das Klassenzimmer, brüllte er gleich los: »Dass ihr euch nicht schämt!

Ich unterrichte bestmöglich, aber ihr verarscht mich mit euren Fehlern! Schämt euch, mir solche Arbeiten auf den Tisch zu legen! Es hagelt Fünfen und Sechsen ohne Ende, das sag ich euch!«

Der alte Mann, eine völlig vollbärtige Klapperstange mit fetter Hornbrille, bibberte vor sich hin. Den Blick hättet ihr sehen müssen! Dazu plusterte er sich auf und schimpfte: »Ihr habt sie ja wohl nicht mehr alle! Ich werde eure Eltern hierherbestellen und denen mal zeigen, was es heißt, Deutsch zu lehren und zu lernen!«

Dütsch-Biester knallte unsere Arbeitshefte auf das Pult, als Paulchen protestierte: »Ey, machen Sie unsere Hefte nicht kaputt, die haben Geld gekostet!«

Wütend sah der olle Biester uns alle an. Oh oh, das würde Ärger geben! Der Lehrer setzte sich auf seinen Stuhl, runzelte die Stirn und fegte mit einer wütenden Bewegung alle Klassenarbeitshefte vom Tisch. »Ramona! Aufheben und verteilen!«, schrie er.

Die dicke Ramona machte, was der Biester ihr befahl, und fing dabei an zu weinen. Zitternd legte sie uns allen unser Heft auf den Tisch. Endlich, da kam auch meins! Ich schlug es auf und war irritiert. Da stand ganz fett: »befriedigend«, nix von wegen Fünf oder Sechs. Ich hob meine Hand und wartete darauf, dass Herr Biester mich zu Wort kommen ließ, was aber nicht der Fall war. Stattdessen kehrte er weiter sein unzufriedenes Ego heraus und schimpfte regelrecht: »Ihr Rotzblagen, ihr meint auch, dass ihr euch alles erlauben könnt, was? Das werde ich euch schon aus euren kleinen, nicht gereiften Gehirnzellen austreiben, darauf könnt ihr euch gefasst machen!«

Daraufhin stand ich auf und schrie jetzt auch. Was der konnte, konnte ich schon lange. »Herr Biester, warum sind Sie so unfreundlich? Und warum lügen Sie? Ich habe keine Fünf oder Sechs, sondern eine Drei, und ich bin auch keine Rotzblage! Entschuldigen Sie sich mal für Ihre Art und Weise uns Kindern gegenüber!«

Was schaute mich der alte Mann an! Am liebsten hätte der mich am Kragen gepackt, das könnt ihr mir glauben.

Wutentbrannt, obwohl ich nur die Wahrheit gesagt hatte, verzog Herr Biester ganz biestig sein Gesicht, als sich auch andere Mitschüler zu Wort meldeten, um sich ebenfalls über seine Art zu beschweren. Auch einige andere Kollegas hatten relativ gute Noten geschrieben, so wie ich.

»Jan Becker, du kleines unverschämtes Früchtchen! Aufstehen, an die Tafel und schreiben!«, wütete der Biester und sein Gesicht wurde voll rot.

Alles klar. Ich aufgestanden, drei Fläschchen Sekundenkleber mitgenommen – dann würde unser Plan eben jetzt schon ausgeführt werden – und mich an die Tafel gestellt.

Herr Biester stützte sich mit den Armen auf seinem Pult ab und kommandierte, was ich schreiben sollte. Als er einen Moment ans Fenster trat und nach draußen schaute, nahm ich den Sekundenkleber und verteilte den Inhalt aller drei Fläschchen auf dem Lehrerstuhl. Schadenfreudig grinste ich mir einen. Auch die anderen mussten sich das Lachen verkneifen.

Mister Biester kam zurück, setzte sich mit seinem Hinterteil auf den Stuhl und diktierte und diktierte, bis ich ihn unterbrach. »Sagen Sie mal, Herr Biester, geht das auch etwas langsamer? Ich komme ja gar nicht mit!«

Oh oh, das war die falsche Frage gewesen! Biester stützte sich wieder mit den Armen auf dem Pult ab und wollte gerade hochkommen, also aufstehen, aber – und da war er selber schuld – er blieb mit seinem Hintern auf dem Stuhl kleben. Das war unser Schlachtplan gewesen. Diese Undankbarkeit und Unfreundlichkeit musste ja mal bestraft werden. Ja, ich hatte ihm eine geklebt, im wahrsten Sinne des Wortes. Hahahaha! Voll krass, dass der das gar nicht gemerkt hatte, aber bei der ollen

Cordhose kein Wunder. Für die drei Fläschchen, die wir gekauft hatten, waren 9 Euro draufgegangen, damit uns der Typ nicht weiter auf den Sack ging. Wenn ihm das mal keine Lehre war ...

Und was passierte? Der olle Biester fluchte erst und wurde dann mucksmäuschenstill, bis er sogar anfing zu heulen. Toll, und was jetzt? Meine Freunde und ich schauten uns an. Ich senkte den Blick, überlegte – und dann kam mir die Idee! Genau, wir würden jetzt zu coolen Rettern unseres Herrn Biester werden.

Ich winkte meinen Freund Jannik herbei und wir stellten uns neben Herrn Biester, der sein Gesicht in seinen Händen vergrub. Vorsichtig legte ich meine rechte Hand auf seine Schulter und sagte: »Hey, Herr Biester, nicht so schlimm. Wir befreien Sie von dem Stuhl! Manche Leute haben eben nur Unfug im Kopf.«

Der Biester hob seinen Kopf und fragte doch ernsthaft, obwohl wir ihn veräppeln wollten. »Ihr könnt mich nicht befreien!«, schrie er. »Das wart ihr doch. Wer sonst soll das gewesen sein? Das wird ein Nachspiel haben!«

»Alles klar«, sagte ich, erschrocken und sauer zugleich, und drehte mich von ihm weg. »Wenn Sie keine Hilfe wollen, dann können wir ja jetzt gehen!« Ich griff nach Janniks Arm und zog ihn vom Lehrertisch weg. Zu den anderen Kollegas sagte ich: »Kommt, Leute, Unterricht fällt heute aus, wir gehen zum Direx, Meldung machen!«

Alle Schüler standen auf und verließen das Klassenzimmer. In dem Moment, als Jannik und ich ebenfalls an der Tür waren, rief der Biester mich zurück. »Jan, bitte hilf mir!« Sein flehender Blick schloss Jannik mit ein.

Ich staunte nicht schlecht, als ich das hörte, und zog Jannik in den Raum zurück. »Na gut, aber wehe, Sie schreien uns wieder an, dann sind wir wech: W-E-C-H!« Und das schreibt man so!

»Wie du meinst! Ich weiß ja, dass ihr mehr könnt als das, was ihr hier präsentiert.«

»Ja, da können Sie einen drauf lassen!«

Während ich mit Janniks Hilfe und einem spitzen Gegenstand Biesters Hose Stück für Stück vom Stuhl löste, fragte der doch tatsächlich: »Was mache ich bloß falsch?« Sicherlich war das eine Gedankenfrage, die er nur versehentlich ausgesprochen hatte.

Trotzdem hatte ich eine Antwort parat: »Sie sind einfach unmenschlich und auch gar nicht so nett wie alle anderen Lehrer!«

Da war er wieder, dieser biestige Blick. Wenn Blicke töten könnten, dann wären wir alle schon längst tot, das sag ich euch. Wie die Bullterrier hat der Biester einen Mordsblick drauf, nicht mehr schön, aber im Grunde sind Bullterrier ganz liebe und sensible Persönlichkeiten. Was man von Herrn Biester nicht sagen kann.

Die Hose unseres Dütschlehrers bekam beim Lösen vom Stuhl einige Löcher und Risse, aber das konnten wir nicht verhindern. Die anderen Schüler waren alle noch auf dem Schulhof, als Jannik und ich es nach scheinbar endlosen Minuten endlich schafften, diesen Mann vom Stuhl zu kratzen. Im wahrsten Sinne des Wortes.

»Danke, Jungs, ich danke euch!«, seufzte der Biester mit einem kleinen Lächeln. Sieh an, so was kannten wir gar nicht von ihm.

Auf das Pult gestützt richtete er sich auf, bedankte sich nochmals und verließ geknickt das Klassenzimmer.

Wo er hinging? Keine Ahnung. Jannik und ich gesellten uns zu unseren Mitschülern auf den Schulhof, bis es zur nächsten Stunde läutete. Was haben wir uns schlappgelacht!

Mister Biester war dann eine Woche krankgeschrieben. Als er wiederkam, ließ er uns Fragebögen ausfüllen, mit denen er herausfinden wollte, was wir an ihm gut und nicht so gut bzw. schlecht fanden, und war von dem Tag an ein völlig anderer Lehrer. Wie ausgewechselt war der. So als wenn ein neuer Mensch in diese Hülle Biester geklettert wäre.

Ich fände es klasse, wenn alle Erwachsenen mal nach ihren Fehlern fragen und die Kritik von uns Kindern annehmen würden, aber davon träumen wir wohl noch die nächsten hundert Jahre.

Einen Klassenbucheintrag bekamen wir aber nicht, ganz im Gegenteil, wir kriegten sogar zwei Sternchen.

Kaffeeklatsch Weibers

Jeden vierten Mittwoch im Monat sitzen in unserem schönen Wohnzimmer, wo man voll cool auf 'nem großen Bildschirm fernsehen kann, lauter olle Weibers.

Na gut, die Mutti von dem ein oder anderen Kollegen ist auch dabei. Wobei, wenn ich mal genau nachdenke, ist es nur eine, die sich echt in der Truppe der ollen Klatschmäuler gehalten hat. Alle anderen waren eher Eintagsfliegen. Sie waren immer so lange dabei, bis man ihnen ans Leder ging. Ja, denn in der Runde wird so richtig gegen die anderen Eltern gehetzt. Und deren Kinder werden schlechtgemacht. Aber warum machen die das? Genau, weil sie die besten Looooooser dieser Welt sind. Selber nix geschissen kriegen, aber alles besser wissen wollen. Und wenn man nicht nach deren Pfeife tanzt, dann suchen die sich ein Opfer. Und die Mamis, die die Runde verlassen haben, die hatten es nicht leicht.

Da sag mal einer, dass wir Kids schlimm wären, Eltern sind viel schlimmer, das schwör ich euch.

Über Helga, die Mama eines coolen Freundes, haben sie gespottet: »Die dicke Kuh, die passt in nix rein, die muss Zelte anziehen!« Dabei war die

Mama von Gregor echt nett. Und die anderen Trullas haben selber Speckfalten, die sie ernsthaft »süße Ringe« nennen. Als Gregors Mama hörte, wie über sie hergezogen wurde, war sie total sauer, weinte hinter dem Baum auf dem Schulhof und blieb von da an von der Tratschtruppenrunde weg.

Ich schwör, die lästern und meckern und tratschen schlimmer als alte Omis. Und das gibt dann schon mal voll krassen Ärger. Immer wieder.

Auf jeden Fall steht Olga, Papas Freundin, dann manchmal tagelang in der Küche und probiert entweder Rezepte aus oder wird zur »Konditotorin«. Wobei »Miese-Kuchen-Bauerin« sich viel besser anhört und – ehrlich gesagt und auf den Punkt gebracht – auch genauer beschrieben wäre. Für die ollen Tratschtanten, da kann die alles, aber für uns zu Hause kriegt die nix hin. Umso mehr gönne ich ihr jedes Mal aufs Neue, dass ihr was nicht gelingt. Und was nicht von selber nicht gelingt, das wird misslungen gemacht. Hahahaha!

So auch an dem Dienstag vor dem Kaffeeklatsch. Olga wollte unbedingt so eine leckere Torte und einen komischen polnischen Kuchen machen. Vorher aber maulte sie wieder rum, weil ihr an dem Tag nix passte und ihr niemand etwas recht machen konnte. So auch, als ich fragte, ob ich mit meinem Freund zusammen Pläysi zocken dürfe. Was hat die gestöhnt! »Och Mensch, Jan, das muss aber nicht sein. Mach doch, was du willst, aber nerv mich nicht, ich muss Wichtiges machen.«

»Ja, ne, is klar!«, keifte ich Olga an. »Wichtiges machen, dass ich nicht lache! Für uns machst du so was Wichtiges nicht!«

»Ne, warum auch?«

»Na, vielleicht weil wir Familie sind und uns auch darüber freuen würden!«

»Nein, das habt ihr euch nicht verdient!«, sagte sie und machte sich auf, um noch eine Zutat für ihren Kuchen einzukaufen. Echt übel, wie die mit einem redet, wenn sie unter Strom steht.

Das ließ ich nicht auf mir sitzen. Sollte sie doch mal einen Denkzettel bekommen, und zwar für ihre komische und beschissene Art.

Was machte ich also, während sie zum Supermarkt unterwegs war? Genau. Ich nahm die Box mit dem Zucker, schüttete ihn in eine andere Box, die genauso aussah, und füllte die leere Zuckerbox mit lecker Salz auf. Das würde ein Spaß werden! Gesagt, getan und wechgerannt, ehe die zurückkam.

Grinsend rannte ich zu Kevin und wir gingen erst 'n paar Bälle kicken, ehe wir bei mir zu Hause Pläysi zockten.

Olga stand derweil in der Küche und braute ihre Teige zusammen. Schnell holten wir uns was zu trinken aus der Küche, als ich anfangen musste zu lachen, weil Olga vor sich hin murmelte: »So, fünfhundert Gramm Zucker!«, und den Pott da halb reinschüttete. »Jan, wasch lascht du so?«, fragte sie mit ihrem polnischen Akzent.

»Öhm, nix. Sieht lecker und süß aus. Darf ich mal probieren?«, fragte ich und streckte meinen Finger der Schüssel entgegen. *Patsch*, hatte ich einen Klaps auf die Hand bekommen.

»Mann, Jan, lass das!«, keifte Olga sauer. Als wenn ich den Teig gefuttert hätte. Bäh, der schmeckte bestimmt ganz scheußlich, aber das wusste die ja nicht. Olga zauberte weiter ihre schrecklichsten Kuchen und Torten, während wir im Wohnzimmer saßen und Pläysi zockten. Kicken draußen macht aber mehr Spaß und baut Muskeln auf, das sag ich euch. Doch manchmal tut es gut, chillige Turnierspiele zu machen.

Wir lachten, hatten einen Mordsspaß und Olga fluchte immer wieder in der Küche rum – meistens auf Polnisch. Wer weiß, über wen sie sich aufregte und wen sie gerade die Wüste schickte. Hahaha!

Am Abend, als Papa nach Hause kam, war Olga immer noch in der Küche beschäftigt. Deshalb sollten Kevin und ich alles aufräumen und den Abendbrottisch decken. Das machten wir gerne, denn so packten wir alles, was wir mochten – Schokoaufstrich, Marmelade, Wurst und Käse – auf den Tisch. Und das Beste war: Die Erwachsenen sagten nix, weil se eh schon genervt waren.

Nachdem Kevins Mutter meinen Freund bei uns abgeholt hatte – sie hatte wohl einen wichtigen Termin –, musste ich ins Bett. Es war ja auch ein langer und anstrengender Tag gewesen. So schlummerte ich und träumte von dem morgigen Tag, wenn die da alle sitzen und den Kuchen – den lecker Kuchen – auskotzen würden. Hahahaha!

Am nächsten Morgen stand ich gut gelaunt und voll freudiger Erwartung auf und machte mir mein Frühstück, da Olga und Papa schon bei der Arbeit waren. Voll 'ne Sauerei, dass ich mir mein Frühstück und das Schulbrot selber machen muss, und meine Schwester und Stiefschwester müssen das nicht. So beeilte ich mich und war rucki zucki aus dem Haus.

Auf dem Schulweg traf ich Dennis, meinen Schulkollegen, und wir machten in der Schule ein bisschen Blödsinn. Ich erzählte ihm, dass ich am heutigen Tag meine Stiefmutter ärgern würde. Was lachte der sich schlapp! Er wollte unbedingt dabei sein, um endlich mal was zum Lachen zu haben. Seine Eltern sind nämlich ständig unterwegs und echte

Spaßbremsen. »Dennis, tu dies nicht!«, »Dennis, tu das nicht!« und so weiter. Der darf nicht mal ein Handy haben oder fernsehen. Schon krass ey. Also verabredeten wir uns für den Nachmittag.

In den Pausen überlegten Dennis und ich, was wir unseren Eltern sagen wollten – wir hatten doch Blödsinn gemacht und einen Eintrag ins Klassenbuch bekommen –, aber so wirklich wussten wir nicht, wie wir das zu Hause beichten sollten. So verblieben wir, dass wir später bei mir weiter überlegen wollten. Irgendwas würde uns schon einfallen.

Für mich ging es nach der Schule direkt auf dem Bummelweg nach Hause. Kaum hatte ich die Haustüre aufgeschlossen, hörte ich Olga auf Polnisch fluchen. Ich ging kurz nachschauen und sagte nur »Hi«, als sie mich pampig und genervt anschrie: »Nein, Jan, nicht jetzt! Lass mich in Ruhe!«

Alles klar, dachte ich mir. Ich ging in mein Zimmer und machte brav meine Hausaufgaben. Musste ja nicht noch mehr Stunk geben. Da ich recht schnell fertig war, setzte ich mich auf meinen Chillsack und zockte erst mal 'ne Runde Pläysi. Ich liebe es, Fußball zu zocken. Noch lieber draußen, aber dann kann man ja nicht chillen, und ich bin ein gemütliches Kerlchen, das auch mal ausspannen muss nach einem anstrengenden Tag.

Das Doofe ist immer, dass man beim Pläysizocken die Zeit aus den Augen verliert. Und so war es rucki zucki 14:30 Uhr. Ich erschrak richtig, als ich auf meine Uhr sah. Schnell legte ich die Konsole zur Seite und räumte meinen Kram weg, damit Dennis sich nicht die Haxen brach, und lief in die Küche. »Olgaaaaaaaaaa!«, rief ich besonders laut, aber echt lieb. »Was gibt es heute zu essen?«

»Och Mensch, Jaaaan«, stöhnte sie auf. »Mach dir heute selber was!«

»Ja super, reicht es nicht, dass ich mir morgens schon alleine Frühstück machen muss?«

»Fang jetzt nicht an, mit mir zu diskutieren! Ich kriege gleich Besuch!«, schimpfte sie.

»Okay, dann mach ich mir selber was!« Ich lief zum Kühlschrank und öffnete die Tür. Hmmmm, der gab nicht viel her. Also nahm ich das Sandwichbrot und schmierte ein leckeres Sandwich mit Salami, fett Mayo und Ketchup und so. Als ich die Sachen wieder wegräumte, sah ich im Kühlschrank den Pott mit der fertig geschlagenen Sahne stehen. Gleich neben dem Kühlschrank stand der Mehltopf. Ich jubelte innerlich: Das wird ein Gaudi! Schnell nahm ich das Mehl und schüttete etwas davon auf die geschlagene Sahne. Mit einem Löffel verrührte ich das Ganze. »Hmmmm, das sieht aber lecker aus«, sagte ich, als Olga mich so krumm und schief von der Seite ansah. Wenn du wüsstest, Madame, wie lecker euch nachher der Hunger vergehen wird, dachte ich und verzog mich mit meinem Sandwich ins Wohnzimmer, um in aller Ruhe zu essen. Doch das ging nicht, weil der Tisch schon für die Kaffeeklatsch-Weibers gedeckt war. Prompt kam Olga angerannt: »Jan, setz dich woanders hin. Hier ist heute kein Platz für dich!«

»Ja super!«, fluchte ich und lief mit meinem Sandwich die Treppe rauf in mein Zimmer. Wenn die ihre Zirkusveranstaltung haben, dann darfste als Kind nix und bist echt abgeschrieben.

Genüsslich futterte ich mein Sandwich. Als ich damit fertig war, klingelte es. Flott sprang ich auf und machte die Türe auf. Dennis kam wie abgesprochen. Wir gingen in mein Zimmer und zockten wie die Wilden die Pläysi, als nach und nach die Muttikolonne unser Haus eroberte. Hammer! Tatsächlich kamen zwölf Muttis. Was für ein riesen Verein. Mal sehen, wie lange die Neuen dabeibleiben würden.

Was redeten die laut und lachten, und vor allem blockierten die immer wieder unsere Bäder, probierten Schminksachen aus und machten sogar eine Modenschau!

Das Spektakel war so genial, dass Dennis und ich uns überlegten, die Modenschau von der Treppe aus zu beobachten. Still und oftmals kichernd saßen wir auf den Stufen und betrachteten das Schauspiel. Sahen die Muttis hässlich aus! Was Erwachsene doch für einen grausamen Geschmack haben. Die bräuchten echt mal einen Stilberater ...

Und dann Bühne frei für Olga!

Sie kam aus dem Schlafzimmer. In einem Bling-bling-Glitterfummel-Oberteil, das echt nach Altkleiderkammer aussah. Dazu trug sie einen Rock in blauem Jeansstoff, eine Strumpfhose und – oha – mega hohe Haxenbrecher. Wenn das mal gut geht, dachte ich. Kaum lief Olga, sich an der Wand festhaltend, den Flur Richtung Wohnzimmer entlang, ahnten wir schon, dass gleich was passieren würde. Und tatsächlich. Da lag ein Legostein auf dem Boden, der war einfach nicht zu übersehen. »Oh oh!«, sagte ich leise, als Olga sich am Türrahmen festhielt und zu den Muttis sagte: »So, ihr Lieben, bin ich nicht säxy?« Die Mamas applaudierten und eine von ihnen rief: »Wow! Komm, lass dich ansehen!«

Olga ließ den Türrahmen los, machte einen winzigen Schritt nach vorn und trat auf den Legostein. Natürlich knickte sie um und machte wie ein Topmodell 'nen Salto rückwärts. Okay, ohne die Rolle, aber sie legte einen coolen Freiflug hin.

Dennis und ich lachten uns echt schlapp. So blöd konnte man einfach nicht sein.

Erschrocken sprangen die Muttis auf, halfen Olga wieder auf die Beine und mussten feststellen, dass der Pumpsabsatz der angeblich 240 Piepen teuren Schuhe abgebrochen und der Jeansrock am Hintern aufgerissen war. Was die Schwerkraft doch alles verursachte. Hahahahaha! Als Olga wieder sicher auf den Beinen stand, jammerte sie: »Die schönen teuren Schuhe! Typisch Kinder, alles ruinieren sie!« Genervt bückte sie sich nach dem Legostein. Im selben Moment sagte eine der Tratschmuttis zu ihr: »Olga, du solltest den Rock zwei Nummern größer kaufen, dann hat auch der Kuchen noch Platz!« Die anderen Muttis lachten sich schlapp. Nur Olga nicht, die heute ihr Fett wegkriegte. Und das alles nur, weil der Rock gerissen war. Hahahahaha! So wusste sie wenigstens mal, wie das ist, wenn man sich über andere lustig macht.

Schnell machten wir einen Abflug, ehe Olga uns auf der Treppe sah, weil sie sich flott umziehen wollte.

Dennis und ich zockten weiter Fußball on TV, als wir einen lauten Knall hörten. Erschrocken pausierten wir und schauten von der Treppe nach unten, was da wohl los war. Und wisst ihr, was die da machten? Die ließen die Korken knallen. Und zwar so hohl, wie die sind, so doof, dass der Korken in die Vitrine schoss und das Glas zerbrach. Mannomann! Nix können die!

»Ach herrje!«, stöhnte Olga und brachte dann den Satz: »So krieg ich jetzt wenigstens den Schrank, den ich will!«

»Geil, deine Stiefmutter ist aber krass drauf!«, flüsterte Dennis. »Cool, die weiß, wie man das macht.«

Gott, wie peinlich! Und ich musste diese Frau auch noch kennen! Heimlich beobachteten wir, was als Nächstes passierte. Endlich holte Olga die Torten, den Kuchen und die Plätzchen – und das alles mit gefühlten zwei Kilo mega Salzstoff – aus der Küche und stellte sie im Wohnzimmer auf den Esstisch. »Jetzt gehen se gleich alle kotzen!«, raunte ich Dennis zu. »Wetten ...?!«

»Echt, das wäre mal 'ne coole Sache!«, meinte er. Ich holte schnell noch ein paar Riegel aus meinem Zimmer, die wir genüsslich auf der Treppe verschlangen, als eine der Trullas sagte: »Hm, das sieht ja lecker aus. Ich liebe Sahnetorten!« Mann, ich machte mir bald vor Lachen in die Hose.

Es dauerte nicht lange, als die da unten gierig anfingen, die süßen Sachen zu vertilgen. Prompt kam das erste »Pfui!« und direkt danach ein »Igitt!« Olga fragte noch, was denn los sei, als eine Mama den Schnabel wohl zu voll nahm und direkt auf den Tisch spuckte. »Olga, willst du uns vergiften?«, fragte eine Trulla aus der Runde.

»Was habt ihr denn? Ich habe tagelang für euch in der Küche gestanden!«, verteidigte sie sich empört und probierte nun selbst ein Stück Torte. Spuckend rannte sie ins Bad.

»Krass, Alter. Das muss ich zu Hause auch mal machen!«, sagte Dennis laut lachend. Schnell liefen wir in mein Zimmer, damit die uns nicht noch sahen.

Was für ein Heidenspaß – für uns. Olga war ihre Gäste im Nullkommanix los und das Wohnzimmer endlich wieder frei!

In aller Ruhe zockten wir, bis wir Olga nach oben brüllen hörten. Was die da rief? Kein Plan, Polnisch rückwärts verstehe ich zum Glück nicht, aber es schien nix Gutes zu sein. Nachdem es gescheppert hatte, beschlossen Dennis und ich mal nachzuschauen, was da unten los war. Wir liefen in die Küche und sahen, dass Olga ein Missgeschick passiert war. Ihr waren die Kuchenteller auf den Boden gefallen und in tausend Stücke zersprungen. Heulend saß sie auf dem Boden.

»Ey Olga, was ist denn los?«, fragte ich und nahm sie in den Arm.

»Ach, Jan, allesch is doof. Ich habe die Kuchen mit Salz gemacht und nicht mit Zucker!«

»Aber das passiert doch jedem mal!«, sagte ich ganz lieb, während ich mir das Lachen verkneifen musste. »Ist doch nicht schlimm«, tröstete ich sie. »Wenn die so doof sind und dir deswegen böse sind, dann sind das keine Freundinnen!« Olga zog mich zu sich heran und nahm mich in den Arm. Sie lächelte schwach und meinte: »Du hast ja keine Ahnung, wie das ist!«

Hm, irgendwie hatte ich wohl zumindest ein bisschen ein schlechtes Gewissen. Darum sagte ich zu meinem Kumpel: »Komm, wir helfen Olga beim Aufräumen!« Dennis nickte, wir machten alles sauber und Olga ging – wie so oft tagsüber – schlafen. Das war neben ihrer Arbeit ihre Haupt- und Lieblingsbeschäftigung.

Tja, was sollten wir nun noch zu Hause? Also zogen wir unsere Schuhe an, nahmen die Pelle mit und gingen kicken. Zwischendurch holten wir uns im Supermarkt etwas zu trinken und was Süßes und kickten noch gute zwei Stunden weiter. Dabei kamen wir ganz schön ins Schwitzen. Immer wieder machten Dennis und ich uns ein Spaß daraus, die Kaffeetratschklatschtrullas nachzuahmen, bis Dennis' Mutter kam und meinte, dass es bald dunkel werden würde und er jetzt nach Hause müsse.

So liefen wir ein Stückchen gemeinsam, bis wir vor unserem Haus angekommen waren und ich mich von Dennis und seiner Mama verabschiedete.

Leise öffnete ich die Türe und sah, dass Papa in der Küche stand – mit Olga im Arm.

Und da kam die doch tatsächlich zu mir und sagte das erste Mal in meinem Leben: »Danke für deine Hilfe!«

Bei der Gelegenheit erwähnte ich noch schnell den Klassenbucheintrag, den Olga und Papa mit den Worten »Benimm dich doch mal mehr in der Schule!« abtaten. Welch ein Glück, denn normalerweise gibt es gleich Handy-, Pläysi- und Fußballverbot.

Wie leicht man Erwachsene mit einem bisschen Retterspielen doch zufriedenstellen kann.

Tja, so kann es gehen. Vielleicht war das Olga mal eine Lehre.

Taschentücherkullergeschoss

In der Schule machten wir Blödsinn nonstop. Es wurde laut gekichert und wir pusteten Papierkrümel durch die Gegend. Wisst ihr, wie das am besten geht?

Ihr nehmt einen Filzer, dreht ihn auf, nehmt die Farbmiene da raus, und dann knüddelt ihr Minipapierkügelchen oder Taschentücherkulleräuglein in das Schießrohr. Die müssen aber echt winzig sein. Die Fetzen sabbert und kaut ihr im Mund schön ekelig zusammen, und dann setzt ihr unauffällig das Rohr an euren Mund, peilt euer Ziel an und pustest kräftig rein – *zack*, habt ihr ein ekliges Sabbergeschoss. Hahahaha!

Ein bisschen Spaß muss eben sein.

Dummerweise erwischte uns unsere Lehrerin Kleinlaut – die unterrichtet Geschichte. So durften Dennis, Jannik und ich nach dem Unterricht erst einmal die Klasse fegen und dann wischen. Wir kriegten einen Eintrag ins Klassenbuch und ins Hausaufgabenheft, und als wenn das nicht schon genug gewesen wäre, nein, erhielten wir an dem Tag auch noch eine »Sechs – setzen!«.

Sagt mal, ihr Lehrerchen, habt ihr eigentlich Langeweile? Könnt ihr nicht auch mal rumalbern? Nein, ihr habt nur euren Spaß, wenn ihr schlechte Noten verteilen könnt. Krass! Zu gerne würde ich mal Lehrer sein und das mit euch machen, was ihr mit uns macht. Ihr wiederholt dann die Klasse zehn Mal aus reiner Sympathie, das schwör ich euch!

Auf jeden Fall war der Tag gelaufen. Ich musste die ganze Zeit daran denken, wie ich an eine Unterschrift kam. Konnte ja nicht sein, dass ich wegen ein bisschen Spaß vier Wochen volle Kanne nicht mehr rausdurfte. Dann durfte ich nämlich auch nicht zum Training, meine Pläysi war auch erst mal weg, und mein Handy erst recht. Da war Papa voll krass drauf.

Auf dem Weg nach Hause grübelte ich. Aber ich konnte nicht riskieren, dass er mir alles verbot.

Was also macht ein intelligentes Kerlchen wie ich in einem solchen Fall? Richtig, ich tickerte Mama übers Handy an.

»HDGDL«

Prompt schrieb sie zurück: »Hi Jan, was ist los?«

»Hm, wie bist du denn drauf? Hab nur geschrieben: HDGDL«

»Ja eben drum. Kein hi, sondern direkt: Hab dich ganz doll lieb. Das bedeutet bei dir, dass du wieder was ausgefressen hast!«

»Na also, wenn du mich so fragst. Ja, ich habe Kuller-Rotz-Kügelchen geschossen und einen Eintrag bekommen. Der Dennis aber auch. Wir haben jetzt zwei Wochen Klassendienst und müssen das unterschreiben lassen. Kannste bitte unterschreiben?«

»Mann, Jan, hast du denn nur noch Blödsinn im Kopf?«, fragte mich meine Mutter.

»Mama, bitte. Ausgerechnet du, die selbst immer Quatsch macht, die meckert jetzt! Wenn ich das Papa erzähle, dann fährt sein Blutdruck wieder in die Höhe und ich habe vier Weeks Stubenarrest! Biiiiiitttttttttttteeeeeeeee, du bist doch die coolste Mama der Welt!«

»Hahahaha, Jan-Boy, so geht das aber nicht. Ich komm heute Abend zu euch!«

»Oha, so meinte ich das jetzt aber auch nicht! Aber dann erzähl Papa nischt davon, bitte. Der tickt sonst aus!«

»Jan, lass mich mal machen! Bis später, ich muss nämlich noch arbeiten und dann zwei Stunden fahren, bis ich bei euch bin. Hab dich lieb! Kussi!«

»Alles klar! Bis nachher! HDL«

Wahnsinn, wie lange es dauern kann, wenn man darauf wartet, dass endlich jemand kommt, der zugesagt hat. Die vier Stunden bis zum Abend kamen mir vor wie ganze drei Tage. Echt nervig so was.

Bis dahin war ich zwei Stunden die Pelle treten. Auf dem Bolzplatz – für die, die nicht wissen, was das ist, das ist ein Fußballplatz – traf ich noch ein paar Kollegen aus dem Fußballverein und von der Schule. Gemeinsam kickten wir, was das Zeug hielt. Da ich aber so nervös war, schaute ich ständig auf die Uhr statt auf die Bälle und meine Gegner. Klasse! Kaum selbst ein Tor gemacht, aber viele Tore der anderen gingen mir einfach so durch.

Echt Mist!

Ich hatte richtig Angst, dass es nachher Stress geben würde. Mama und Papa verstehen sich nämlich alles andere als gut. Und wenn die beiden aufeinandertreffen, dann knallt es meistens – im wahrsten Sinne des Wortes.

Kaum war es endlich 19 Uhr, latschte ich ganz langsam nach Hause. Mein Bauchgefühl sagte mir, dass es heute fürs Erste das letzte Mal war, dass ich abends draußen sein konnte. Ich schlenderte so in Richtung Haus, in dem wir lebten, als ich schon Mamas fette Karre vor dem Haus stehen sah. Oh, oh, dachte ich mir. Die ist ja schon da und hat mir nix gesagt. Das ist eine Trulla. Mann ey.

Vor dem Haus stehend, überlegte ich ernsthaft, ob ich nicht lieber gleich 'ne Biege machen sollte. Aber Mama hatte gesagt, dass sie das klären würde. Dann machte die das auch. Ich also auf Zehenspitzen und ganz leise ins Haus rein, den Flur entlang. Olga hatte Spätschicht, die Mädels waren bei der Oma und mein Stiefbruder war arbeiten. So schlich ich mich weiter vor zu den Treppen. Von dort kann man ins Wohnzimmer schauen. Die Türe war angelehnt. Ich spickte kurz hindurch und sah, dass Mama und Papa voll laut am Rumlachen waren. Da musste ich erst mal versuchen, besser zu sehen, was bei denen los war. Kaum öffnete ich die Türe einen Spalt mehr, kam mir voll ein Sabberkügelchengeschoss ins Gesicht geflogen. Und Papa und Mama waren immer noch am Lachen.

»Ja, ne, is klar! Was macht ihr denn hier?«

Prompt sagte Papa: »Jan, leg mir mal vor, was du vorzulegen hast!«

Mama zwinkerte mir zu und ich rannte ins Zimmer, um mein Hausaufgabenheft mit dem Eintrag zu holen. Mir war nicht wohl bei der Sache. Wenn die beiden sich verstehen, dann hecken die was aus. Ich schwöre, das ist immer so!

Okay, ich lief die Treppe wieder runter, ging ins Wohnzimmer und zeigte Papa den Eintrag.

»Und was hast du zu deiner Verteidigung zu sagen, mein Junge?«, fragte er mit einem fetten Grinsen im Gesicht.

»Ganz ehrlich? Nichts! Das hat Spaß gemacht. Auch ihr scheint ja euren Spaß zu haben!«

Mama und Papa nickten und lachten wieder, was das Zeug hielt, bis Mama sagte: »Papa verliert immer, weil seine fetten Rotzkugeln im Stift kleben bleiben!« Nun lachte auch ich.

»Ich kann den Papa ja mal trainieren!«, sagte ich frech und versprach, dass ich das in der Schule künftig sein lassen würde. Und was soll ich sagen? Papa unterschrieb den Eintrag ohne einen Mucks. Mama auch. Somit hatten endlich mal beide Eltern einen Eintrag gesehen. Premiere!

Danach machten wir drei noch gemeinsam Abendbrot und quatschten ein bisschen, bis ich mich von Mama ins Bettchen bringen ließ. Ich liebe es, wenn sie mir was erzählt oder vorliest und ich dann in ihren Armen einschlafe. Das ist richtig toll. Okay, bin zwar kein Baby mehr, aber so oft sehe ich meine Mama ja nicht. Und dann ist das immer etwas ganz Besonderes, auch wenn diesmal der Grund vielleicht nicht so dolle war.

So schlief ich zufrieden ein und stand am nächsten Morgen mit einem Lachen wieder auf.

Dann ging es in die Schule und ich schaute mal, was ich diesmal so anstellen konnte. ☺

Natürlich schrieb ich Mom eine Nachricht: »Hi Mom. Danke. HDL«

Mittags schrieb sie zurück: »Nicht dafür, aber lass das nicht zum Dauerzustand werden, klaro?«

»Alles roger!«

Das erste Date

In meiner Klasse, da ist die Julia. Die ist ganz schön zickig. Alter, die hat manchmal echt einen an der Waffel. Aber sie hat auch so was Magisches. Ich muss sie immer und immer wieder anschauen. Ich kann da nicht weggucken. Das ist so wie ein Magnet, der mich anzieht. Keine Ahnung warum. Okay, Julia sieht ziemlich gut aus. Man kann auch im Vergleich zu vielen anderen Mädchen bei ihr schon sehen, was die mal haben wird. Also – na ja – Busen meine ich. Das sieht gut aus.

Neuerdings interessiere ich mich dafür. Liegt wohl an meinem Alter. Hahahaha! Ich nenne das Findungsphase & Experiment. Was ich jetzt schon entdecke und was vielleicht katastrophal endet oder einfach falsch rüberkommt, sollte mich später davor bewahren, einen Fehler zu machen, oder? Na also! Sag ich doch!

Auf jeden Fall hatte Julia mich zu sich eingeladen. Krass ey! Hätte ich nie gedacht. Kein Plan, wie das überhaupt zustande gekommen war …

Nachmittags um drei Uhr waren wir verabredet. Ich nahm das Fahrrad und war etwas zu früh da, aber ich wollte auch auf keinen Fall zu spät kommen.

Im Vorgarten von Julias Haus blühten so schöne Rosen, da knipste ich einfach eine ab. Ich klingelte an ihrer Tür und Julia öffnete selbst. »Hi Jan! Cool, dass du da bist!«, sagte sie und wurde rot im Gesicht.

Ich stammelte: »Hey Julia, oh Julia, danke für die Einladung. Ich habe dir was mitgebracht!«, und reichte ihr die Rose.

»Wie süß. Danke, Jan! Aber lass das nicht meinen Vater wissen, der liebt nämlich seine Rosen im Vorgarten und zählt die jeden Tag!«

Ups! Bestimmt war ich vor Scham rot angelaufen, denn Julia kam auf mich zu und meinte: »Komm, wir kühlen uns ab!« Sie nahm mich an die Hand und zog mich mit sich in ihr Zimmer.

Was für ein langer Weg dahin. Das Haus war bestimmt hundert Mal so groß wie das, in dem ich lebte.

»Bei mir gibt es nur fetzigen Eistee mit vielen Eiswürfeln!«, sagte Julia.

Ich nickte. »Eistee! Lecker!«

Was Julia unter fetzig verstand, wurde mir erst klar, als ich vor lauter Durst das Glas gleich auf Ex trinken wollte. Voll sauer, das Zeug! »Bäh, was ist das?«, fragte ich mit verzogener Miene.

»Na Zitronensaft aus frischen Zitronen und einem viertel Krug Eistee halt.«

»Oha, das ist voll sauer, das Zeug! Nicht meins!«, jammerte ich und stellte das Glas ganz weit von mir weg.

»Schade«, flüsterte Julia, »ich dachte, wir hätten den gleichen Geschmack!«

Tz, Mädels, was die sich immer so denken!

»Du, Jan?«, fragte Julia auf einmal.

»Ja bitte!«

»Komm, setz dich zu mir aufs Bett!«, forderte sie mich auf.

Ich, freudig herzschlagend, eilte zu ihr und setzte mich neben sie.

»Malst du mir was Schönes auf meinen Gipsarm?«, fragte sie mit dem Bitte-komm-schon-du-kannst-nicht-anders-Blick.

Ich überlegte. »Hm, okay.«

»Aber was Schönes!«

»Okay okay, ich geb mir Mühe!«, stammelte ich. »Ich könnte dir ein paar coole Monster draufmachen!«, schlug ich vor.

»Och ne, wie langweilig!«, antwortete sie doch glatt.

Jetzt ratterte es in meinem Kopf, als mir die erleuchtende Idee kam: Pferde! Julia liebte Pferde. Sie hatte ja auch nur drei eigene. Ihren Gipsarm hatte sie übrigens einem Gaul zu verdanken, der sie beim Reiten abgeworfen hatte.

Ich nahm den Stift, den sie mir reichte, löste die Kappe und begann, einen Gaul zu zeichnen. Mit viel Fantasie war der auch eindeutig zu erkennen. Hahahahaha!

Spätestens als das Zaumzeugs und die Mähne gemalt waren, musste man erkennen, dass es sich um einen Gaul handelte. Auf dieses Pferdchen setzte ich dann zwei – merkt euch: zwei – bildhübsche Persönchen drauf, nämlich Julia und mich. Ich hielt mich an der Mähne fest und Julia klammerte sich an mich. Wir hatten beide einen Herzluftballon in der Hand. Nein, nicht irgendeinen doofen, langweiligen Herzluftballon, sondern einen mit unseren Anfangsbuchstaben drauf.

Ihr hättet mal Julias Augen sehen sollen. Die strahlten voller Glanz. Und sie war völlig aus dem Häuschen.

»Du, Jan?«, sagte sie leise.

»Ja, Julia!«

»Ich hab dich ganz schön gern! Das hast du geil gemacht!«, sagte sie mit einem Hauch von Schnulzigkeit. Als Dank rückte sie auch gleich etwas näher an mich ran.

Boah, die roch vielleicht! Wahrscheinlich hatte sie im Parfum ihrer Mutter gebadet. Ich kann nicht sagen, dass es nicht gut gerochen hätte, aber es war eindeutig »too much«!

Julia rückte noch etwas näher und machte so einen komischen Mund. Dabei schloss sie die Augen. Kein Plan, was die von mir wollte.

Nach gefühlt einer Minute machte sie endlich die Augen wieder auf und sagte: »Du hast noch nie ein Mädchen geküsst, oder?«

Ich bemerkte, dass ich rot anlief. Hilfe, war das peinlich! »Ne, hab ich noch nicht. Hast wohl gedacht, du hast den heißesten Typen geangelt, der weiß, wie das geht, weil er der Reihe nach die Mädels abschleppt, oder wie?«

»Nein, nein. So meine ich das nicht! Ich finde es sogar richtig niedlich, wenn du nicht so ein Aufreißer bist!« Sie lächelte mich von der Seite an. »Willste mich küssen?«, fragte sie. »Willste wissen, wie das geht?«

Ich senkte den Kopf und nickte.

»Pass auf, nimm mal dein Kaugummi raus!«

Gesagt, getan.

»Dann machste deine Augen zu. Ist viel romantischer so. Und dann machste ganz spitze Lippen. Und wenn du das gemacht hast, dann press ich meine Lippen auf deine. Meine Zunge wird in deinen Mund flutschen und mit deiner Zunge Fangen spielen. Okay, haste das verstanden?«

»Öhm, ja. Also ich weiß nicht. Aber okay, Puppe, versuchen wir es mal!«

Ich also ganz nah mit meinem Kopp an Julias ran, Augen zugemacht und meine Lippen gespitzt. Es dauerte nun ganz schön lange, aber auf einmal kam sie mit ihren warmen, weichen Lippen und presste sie auf meine. Das fühlte sich so geil an. Doch dann bohrte sie da ständig mit ihrer Zunge rum. Und die schmeckte voll nach Knoblauch. Alter, das ging mal gar nicht. Sie drückte ihren Mund immer fester gegen meinen, und als ich was sagen wollte und den Schnabel zu weit aufmachte, *zack*, da hat se ihre Knobifahne voll in meinen Rachen gehaucht. Ekelhaft.

Schnell drückte ich Julia von mir weg.

»Was haste denn? Gefällt dir das nicht?«, fragte sie.

»Sorry, Puppe, aber ich kann nicht auf Knobi, wenn ich selbst keinen gefuttert habe!«

»Oh, ist das noch so schlimm?«, fragte sie und fing gleichzeitig mit mir an zu lachen.

»Weißte was?«, sagte sie ganz laut und quietschig. »Wir gehen jetzt 'nen Döner futtern, dann stinkste genauso wie ich!« Jetzt lachte sie.

»Ich weiß nicht, ob die Zeit reicht«, sagte ich und erklärte: »Ich hab noch Training heute Abend. Da kann ich nicht zu spät hinkommen!«

Voll enttäuscht senkte Julia ihren Kopp und flüsterte: »Dann eben morgen!«

»Das ist gut, da hab ich Zeit!« Ich presste meine Lippen auf ihre Wange und sagte: »Puppe, bis morgen! Und lieb sein!«

Uih, was lief die rot an. Hammer! Das hat die glaub ich voll gefreut.

»Danke für das Bild auf meinem Gipsarm!«, rief Julia mir hinterher, als sie mich wenig später an der Haustür verabschiedete. »Vielleicht wirst du ja einmal Comiczeichner statt Fußballer!«

»Ja, ne, is klar! Ich werde Profifußballer, Puppe!«, rief ich zurück und verschwand. Hatte ja noch den Weg nach Hause vor mir. Julia lebt auf dem Land.

Voll weit draußen. Da braucht man schon 'ne Weile, auch wenn man wie ich mit dem Rad unterwegs ist.

Mein Herz klopfte voll laut. Den ganzen Abend – auch beim Training. Ich wusste gar nicht, was da los war. Ich war gut drauf, machte Blödsinn mit den Jungs und schoss ein Tor nach dem anderen. Wie sich das eben für einen guten Stürmer gehört. Ja, ich war wie ausgewechselt.

Die Jungs machten ihre Witze, indem sie immer wieder riefen: »Ey Jan, was biste denn so rot am Kopp? Biste etwa verliebt?«

Daraufhin rief ich denen zu: »Ihr seid ja bloß neidisch, weil ihr noch nie geknutscht habt!«

Die Köppe hättet ihr mal sehen müssen. Alter, geht mal gar nicht!

Nach dem Training ab nach Hause und erst mal 'n Blubberwasser aus dem Kühlschrank geholt. Damit ging ich ins Wohnzimmer, wo Papa und Olga vorm Fernseher saßen.

»Na ihrs, was geht?«, fragte ich.

»Jan, da bist du ja schon. Heute kein Pelle-Chilling gemacht?«

»Ne, Dad, ich wollte noch was fertig machen!«, sagte ich mit gesenktem Kopp und bemerkte, dass ich wieder rot anlief.

»Alles okay bei dir?«, fragte Papilein.

»Ja ja, alles gut. Ich bin dann mal im Zimmer!«, sagte ich und rauschte ab.

Wie ein Bedröppelter malte ich Herzchen auf ein Blatt Papier und dachte immer wieder an den Kuss. Das war so woooooooooooow! Voll krass ey!

Verknutscht sein ist so schön ...

Die Zeit mit Julia war soooooo schön. Wann immer es ging, trafen wir uns und genossen die Stunden miteinander.

Meine Kollegas waren schon ganz schön stinkig, weil ich kaum noch Zeit für sie hatte, aber schlimmer noch, ich konnte keine Streiche mehr machen. Mir war, seitdem ich mit Julia ging, nicht mehr der Kopf danach, Blödsinn zu machen.

Okay, okay, ab und zu dachte ich mal daran, aber so richtig passiert ist nix mehr. Julia mochte es nicht, einen zu krassen Typen zu haben, und wenn du so wie ich nur noch am Knutschen bist, dann kommste wirklich zu nix mehr. Soll man gar nicht glauben, ist aber so.

Auf jeden Fall haben mir meine Kollegas voll 'ne Abreibung verpasst. Sie meinten, dass verknuscht sein voll doof sei und dass es mal gar nicht ging, dass ich denen immer absagte.

So auch in den letzten Tagen vor den großen Ferien.

Alter, da kam ich ins Klassenzimmer – schön chillig, weil Noten gibbet ja nicht mehr –, ging zu meinem Platz und wollte mich gerade hinsetzen, als einige laut anfingen zu lachen. Ich schaute mich doof um, konnte aber nix erahnen oder erkennen. Kein Plan, was die hatten. Also setzte ich mich hin, als auf einmal voll laut, fett krass ein mega peinliches, ätzendes *Ffffffffffffuuuuuuurrrrrrrrrrzzzzzzzz* zu hören war.

Die Klasse schrie sich weg und ich saß da wie der letzte beknackte Depp und sagte noch zu Jannik: »Witzig, Alter, echt witzig! Haste nix Besseres auf Lager?«

»Oh, hat der Janni-Boy schlechte Laune oder was?«, fragte er mich mit einem richtig schiefen, aber lachenden Blick.

»Komm, Alter, zisch ab! Ich habe diese Kindergartennummern so satt. Werd mal erwachsen!«

Julia lächelte mich voll an, weil sie es wohl cool fand, dass ich so anders war.

Die anderen buhten mich alle aus, als Florian schrie: »Ey Jan, was geht denn bei dir ab? Hat die Prinzessin dir den Kopp gewaschen oder wie?«

In dem Moment, als ich aufstand, zu Flo ging, ihn am Kragen packte und sagte: »Alter, so redest du nicht über meine Freundin, ist das klar?«, kam Lehrer Biester rein und schimpfte. »Jan, lass sofort den Florian los!«, rief er.

Ich tat, wie er befohlen hatte, setzte mich wieder auf meinen Platz und ließ die zwei Stunden Biester-Unterricht über mich ergehen.

Ganz schön albern, wie sich andere aus Neid benehmen. Die verlieren nicht nur den Respekt vor ihren eigenen Freunden, die werden dabei auch noch kindisch!

Was kosten die Kondome?

Tja, mit Julia bin ich nun absolut verknutscht. Wahnsinn, man fühlt sich glatt wie auf Wolke 7. Ich dachte immer, diese Schmetterlinge im Bauch seien Quatsch, aber seit ich Julia kenne und das erste Mal geknutscht hab, geht's mir richtig gut.

Wir treffen uns ganz oft nach der Schule oder in der Schule und freuen uns jeden Tag aufs Neue, uns zu sehen.

Und das Knutschen macht richtig Spaß und wir machen es jeden Tag besser. Einziger Nachteil, dass ich nun aufpassen muss, was ich esse, damit nachher nicht so 'ne Tzazikifahne da ist.

Julia fühlt sich soooooooooo wohlwollig kuschelig an, da kann ich gar nicht meine Finger von ihr lassen. Sie mag es, wenn ich sie streichle.

Und da dachte ich mir, dass man im Leben auf alles vorbereitet sein sollte.

Kondome gehören auch dazu.

Ich ging also in die Apotheke, um mir die Pickelcreme zu holen. Hatte ich doch nach dem letzten Fußballtraining zwei fette Pickel entdeckt! Bei der Gelegenheit, dachte ich, kann ich ja direkt Gummitüten mitnehmen. Aber die Apothekerin, so

Ende fünfzig, sah alles andere als nett aus und ich traute mich nicht, sie nach Kondomen zu fragen.

Auf dem Heimweg schlenderte ich mit der Frage herum, wo ich die Dinger denn jetzt herbekommen sollte, als mir auf einmal Felix, mein Freund aus der Parallelklasse, über den Weg lief. »Hi Jan, Alter, was geht ab?«

»Hi Felix. Nix, war nur schnell in der Apotheke. Und bei dir?«

»Och, ich dachte, ich mach mal 'ne Ladung Wasserbomben. So megaaaaaaaaa riesen Dinger, weißte.«

»Boah cool! Wo gibt es denn so große Ballons?«, fragte ich.

»Kondome, alter, Kondome! Die werden sooooooo mega groß, das glaubste nicht.«

»Echt? Cool! Weißte was, ich komm mit«, sagte ich und hatte im Hinterkopf, dass ich auf diesem Weg nun doch noch an Kondome rankam.

»Komm, Alter, wir gehen in den Supermarkt, da sind die billiger!«, sagte Felix.

Ich wusste gar nicht, dass es dort welche gibt. Aber gut, ich lerne ja noch dazu.

Felix und ich schlenderten albernd zum Supermarkt. Dort kauften wir was zum Schnacken, also Süßkram, und suchten die Kondome. Die waren wohl in einen anderen Gang verlegt worden. Und was machte Felix? Ja, echt krass, der ging zu der Verkäuferin und sagte voll laut: »Sagen Sie mal, wo haben Sie denn jetzt wieder die Kondome hingepackt?« Ich kann euch sagen, das war peinlich!

Die Verkäuferin antwortete: »Komm mal mit, junger Mann.« Wir folgten der Frau durch zwei Gänge. »Da sind die Kondome!«, sagte sie richtig laut, sodass die Leute zu uns rüberguckten.

Mannomann!

Felix pickte sich ein paar Packungen raus. Als ich genauer hinsah, zählte ich ganze drei Stück. Da war ich ja mal gespannt auf seine mega riesen Wasserbomben. Ich suchte mir auch eine Packung aus. Die sah lustig aus mit einer Erdbeere drauf. Allerdings stand nirgends der Preis dran. »Felix, weißt du, was die Dinger kosten?«, fragte ich.

»Ne, kein Plan. Aber die Preise sind unterschiedlich. Nimm einfach welche und jut is!«, sagte er.

Zusammen gingen wir zur Kasse. Erst war Felix dran. Ich staunte nicht schlecht, als die Kassiererin sagte: »24 Euro 60.« Felix zahlte und wartete auf mich. Ich lief knallrot an, als ich dran war. Und dann flüsterte ich: »Können Sie mir sagen, was diese Kondome kosten?«

Die Kassiererin lachte voll laut los und sagte dann noch: »Jung, Kondome kosten Geld.« Sie zog die Packung über den Scanner und verkündete lauter, als mir lieb war: »Diese Kondooooome, mein Jung, kosten 11 Euro 99.« Sie grinste.

Da hatte ich mir wohl die teuerste Sorte rausgesucht. Na toll! Ich blickte mich um und sah hinter mir eine Oma stehen, die nur mit dem Kopp schüttelte. Als ich genauer hinsah, erkannte ich sie: Es war ausgerechnet Julias Omilein. Mann, war das peinlich! Blöde grinsend drehte ich mich wieder um, nickte der Kassiererin zu und flüsterte: »Okay!«

»Zusammen mit den Süßigkeiten macht es 16 Euro 98!«

Schnell zahlte ich, und ehe ich noch jemand Bekanntes traf, flüchtete ich regelrecht aus dem Supermarkt.

Bei den Preisen kann ich verstehen, dass so viele Kinder zur Welt gebracht werden. Mann, sind diese Lümmeltüten krass teuer! Und es sind nur zehn Stück in der Packung. Wahnsinn, sag ich da nur.

Auf dem Rückweg erzählte mir Felix, was er mit den Dingern vorhatte. Das hörte sich echt lustig an. Da ich aber für den Nachmittag mit meiner Schnecke verabredet war, verschoben wir unseren Plan – nein besser Felix' Plan – auf morgen in der Schule.

Um 4 Uhr fuhr ich zu meiner Julia. Da stand die doch glatt mit ihrem Gipsarm und einem krass bösen Gesicht in der Tür. »Hey Puppe, gar kein bezauberndes Lächeln heute?«, fragte ich vorsichtig.

»Weißte, Jan, ich wusste gar nicht, was du doch für ein Idiot bist!«

»Hö, was geht denn bei dir ab?«

»Meine Oma sagt, dass du mich nur ins Bett kriegen willst! Sie hat gesehen, wie du Kondome gekauft hast!«

»Öhm, ja, also Puppe, das ist ganz anders. Mann, wir sind doch erst vierzehn Jahre alt und viel zu jung für so was. Und wir Jungs machen gerne mal Blödsinn. Morgen, da lassen wir die Dinger als Wasserbomben in der Schule platzen!«

»Wie, willste mich gar nicht ins Bett kriegen?«

»Na ja, weißt du, ich hab dich echt gern, aber ich hab da so gar keinen Plan von und will meine Kindheit noch genießen. Nicht dass die Dinger kaputt sind und bald ganz viele kleene Julias auf dem Planeten rumschwirren.«

Ich habe echt keinen Plan, wie Omas auf so was kommen. Mann ey, nix darfste an Gedanken im Kopp haben, da wird dir glatt 'n Strich durch die Rechnung gemacht. Echt wahr! Und dabei ist die Julia so ein heißer Feger …

»Willste etwa sagen, dass ich nur hässliche Kinder auf die Welt bringe?« Julia verschränkte die Arme vor der Brust und sah mich protestierend an.

»Ne ne, ganz und gar nicht, aber wir sind doch selbst noch Kinder. Willste etwa schon Kinder haben oder wie?«

»Nein, ich habe ja meine Pferde, und die brauchen mich!«

»Siehste! Also, Puppe, immer cool bleiben! Und deine Oma, ne, wenn die eh alles weitertratscht, dann mag ich die gar nicht erst!«

»Ja, die ist halt schon alt!«, sagte Julia und schmiegte sich wohlwollig an mich ran. Von ihrem Zorn war nichts mehr zu merken. Stattdessen gab sie mir ein fettes Küsschen auf die Wange.

Dann gingen wir spazieren und platzierten uns auf einem Feld im voll hohen Korn, um ungestört knutschen zu können. Dabei vergaßen wir völlig die Zeit. Irgendwann hörten wir Julias Mom nach uns rufen. Die suchten schon nach uns, weil wir verpeilt hatten, dass bei denen heute Abend gegrillt wurde.

Wir also raus aus dem Kornfeld und ab zum Grillen. Das war aber auch lecker! Okay, lecker nur so lange, wie ich nicht wusste, dass die auch Pferdefleisch grillen. Als ich das peilte, musste ich erst einmal alles auskotzen, was ich in mich reingeschaufelt hatte. Wie kann man nur Pferd essen? Ich meine, man schmeckt das erst mal nicht. Aber sobald man das weiß, kann einem nur schlecht werden.

Speiübel, wie ich mich fühlte, brachte mich Julias Mom nach Hause. Die legte aber auch einen Fahrstil hin! Ganze drei Mal hat die echt 'nen Bordstein mitgenommen und vier Mal voll das Auto abgewürgt. Hammer! Können die Weibers denn alle kein Auto fahren? Also alle fremden anderen Mamas meine ich – meine Mom kann das. Die hat das auch gelernt. Die weiß sogar, wo das Gaspedal ist. Ich will bei Mom besser nicht wissen, wie viele Punkte und Blitzerfotos die schon hat. Aber aus reiner Neugier – denn auch Olga hat schon einige Tickets bekommen – hab ich da mal nachgefragt. Null Punkte und nur zwei Blitzerfotos aktuell. In den Jahren zuvor aber war Mom schneller als erlaubt unterwegs. Vier Punkte und ein Aufbauseminar mit zwei Jahren Verlängerung der Probezeit. Das nenne ich Top-Leistung.

Zu Hause legte ich mich dann gleich ins Bett. Knutschen war an diesem Abend nicht mehr drin. Schade! Aber da hilft auch die geilste Puppe nix, wenn de vom Pferd richtig abkotzen musst. Da muss ich mal mit ihr drüber reden. Das geht so nicht. Krass, was man erleben muss ...

Auf jeden Fall startete ich den nächsten Tag voll gut drauf. Ich durfte nur nicht an das Pferdefleisch denken.

Voller Freude auf den Gaudispaß, der heute auf mich wartete, packte ich die Kondome in meine Jackentasche und machte mich nach dem Frühstück auf den Weg zur Schule. Extra etwas früher, denn Felix und ich mussten ja noch besprechen, wer wann was macht.

An den Mülleimern in der Ecke standen Felix, Gregor, Pascal, Jannik und Marcel. Alle hatten ein paar von Felix' Kondomen in der Hand.

Ich nahm eines meiner Kondome aus der Tasche und bemerkte, wie schmierig es war, als ich die Verpackung geöffnet hatte.

»Ey Leute, riecht mal an den Dingern!«, rief Felix.

Wir taten es. »Bäh!«, Gregor schüttelte sich angeekelt. »Geruchsneutral ist aber anders, das kann ich euch sagen.« Wobei Felix auch welche mit Geschmack dabeihatte. Und ich meine Erdbeerkondome. So manch einer in der Runde roch zuerst und lutschte dann daran. »Pfui, ist das widerlich!«, rief Jannik und spuckte 'nen fetten Jilly auf den Boden. Was hab ich mich schlappgelacht.

»Okay, Leute, alle mal eure Dinger aufpusten!«, gab Felix das Kommando.

Wir rollten die Teile ganz auseinander, holten kräftig Luft und – wow, was kannste da reinblasen! Die werden riesig, die Dinger! Aber wehe, du lässt die Luft wieder raus, dann haste aber 'n ausgefleddertes Teil. Cool, wenn man die mit Wasser füllt. Ich wette, da passen so drei Liter rein.

»Ey, wollen wir in der nächsten großen Pause die Dinger mit Wasser füllen und die Mädels bewerfen?«, fragte ich in die Runde. »Die sehen bestimmt heiß aus in nassen T-Shirts.«

»Alter, voll krass ey! Das machen wir!«, schrie Felix ganz aufgeregt.

Wir mussten erst zwei Stunden langweiligen Dütschunterricht im Doppelpack absitzen, doch als der Pausengong ertönte, rannten wir alle schnell zum Schulklo und blockierten die Wasserhähne, um die Gummis prallvoll zu machen. Die wurden ganz schön schwer, die Teile! Wir waren schlimmer als die kleinen Kinder, das könnt ihr mir glauben. Hahahahaha!

Okay, als alle Bomben gefüllt waren, versteckten wir uns auf dem Schulhof hinter den Mülltonnen und hielten Ausschau nach den Mädels aus unserer Klasse.

Als Erster schmiss Felix seine fette mega Bombe. »Mädels extra large!«, rief er und ließ das Geschoss fliegen.

Plaaaaaaatschhhhhhh machte es, und die Mädels schrien: »Ihhhhhhhhhhhhhhhhhhhh!« Wie geil!

Dann kam Jannik dran. Leider traf er nicht, weil seine fette Bombe auf halbem Weg schlappmachte.

Und Gregor traf doch tatsächlich ein Mädel am Rücken. Oh oh, was war das Geschrei groß!

Ja und ich? Ich warf als Letzter meine mega pralle Bombe, als mich von hinten ein Lehrer der Pausenaufsicht packte und mich direkt zum Direx zerrte. So eine Scheiße aber auch. Warum erwischen die immer mich?

Ich also auf den Direx gewartet, und dann ging es los. Konnte der toben, mein lieber Mann! »Wir rufen jetzt deine Eltern an!«, schrie er mich an.

»Öhm, das geht nicht. Papa ist arbeiten!«, sagte ich mit gesenktem Kopf.

»Dann eben deine Mutter!«, brüllte er.

»Alles klar. Ich geb Ihnen die Nummer von Mom! Die wird sich freuen!«

»Bitte was, Jan?«, fragte mich der Rektor und sah mich mit großen Augen an.

»Öhm, nix. Machen Sie mal, rufen Sie die mal an.« Ich diktierte ihm die Nummer, die er auf einen Zettel schrieb.

Schön langsam wählte er die Nummer meiner Mom. Es tutete echt lange, bis die mal dranging. Aber dann ...

»Becker hier. Hallo!« Da es sonst so still im Raum war, konnte ich jedes von Moms Worten hören.

»Hermann, der Rektor der Schule Ihres Sohnes Jan.«

»Bitte, Herr Hermann, wie kann ich Ihnen behilflich sein?«, fragte Mom.

»Ihr Sohn hat nur Flausen im Kopf. Eben in der großen Pause hat er mit Wasser gefüllte Kondome auf die Mädchen seiner Klasse geworfen! Kommen Sie bitte zu einem Gespräch in die Schule! Und zwar heute noch. Am besten jetzt sofort!«

Ich hörte, wie meine Mom sich aufplusterte. »Erstens«, blökte sie, »bin ich noch arbeiten, und zweitens: Wo genau ist das Problem?«

»Also erlauben Sie mal!« Das Gesicht des Direx wurde puterrot. »Sie kommen bitte jetzt in die Schule!«, zeterte er in den Hörer.

»Herr Hermann, geben Sie mir eine Stunde, dann bin ich bei Ihnen.«

»Ist gut! Auf Wiedersehen!« Ich sah Erleichterung im Blick von dem ollen Hermann.

Ich wieder ab zum Unterricht. Die anderen schon am Grinsen. Krass ey, da verpasste ich doch echt das Lieblingsfach Geschichte. So was aber auch! Ich sollte in Zukunft immer überlegen, vor welchen Stunden ich Blödsinn mache. Kein Wunder, dass ich dann keine gute Note kriege, wenn die mich von so manchem Fach abhalten. Echt wahr!

Nun denn, schon nach neunzehn Minuten war die Stunde um. So macht Unterricht Spaß!

In der nächsten Stunde hatten wir Biologie. Dass Mom schneller da war als angekündigt, konnte ich ja nicht ahnen. Zusammen mit dem Direx stand sie auf einmal mitten in unserem Klassenzimmer.

Au Backe, wenn das mal gut geht! Ich hasse solche peinlichen Auftritte von Erwachsenen. Vor allem wenn ich nicht weiß, was die wieder vorhaben.

Der Rektor sabbelte kurz mit der Biolehrerin und dann verließen beide das Klassenzimmer.

Oh nein, dachte ich. Jetzt wird es peinlich.

Da stand sie, meine Mutter. Nun als Lehrerin, vorn vor der Tafel. Sie fing gleich mal an mit ihrem Vortrag.

»Liebe Kinderlein, heute haben einige von euch Jungs auf dem Schulhof Blödsinn mit Kondomen gemacht. Sie haben daraus Wasserbomben gebastelt und einige Mitschülerinnen sind nass geworden.«

Ich versank in meinem Stuhl und legte meine Hände vors Gesicht. Am liebsten wäre ich vor Scham im Erdboden versunken.

Dann redete sie weiter: »Wisst ihr, diese Kondome – wer hat noch welche in der Tasche?«, fragte sie.

Jannik sprang auf und schrie: »Ich, Frau Becker, ich!«

Oh nein, dachte ich, das darf doch echt nicht wahr sein! Was kommt denn jetzt, bitte schön?

Mom packte ein Kondom aus, rollte es ab und erklärte, wie das mit den Bienchen und Blümchen denn so funktionierte. Und wenn alle Blümchen solche Tüten tragen würden, dann hätten wir keine Pflanzen mehr und weniger wunderbare Kinder auf diesem Planeten ...

Hilfe, war das peinlich!

Sie laberte und laberte und hörte so bald nicht wieder auf. Kriegt die überhaupt noch Luft?, fragte ich mich.

Auf einmal hielt sie das Kondom hoch und sagte: »Liebe Kinder, man kann mit Kondomen richtig viel machen! Und jedes Tütchen hat eine eigene Form, die entsteht, wenn es benutzt wurde.« Dann pustete sie ernsthaft das Teil auf. Meine Klassenkameraden – sogar die nass gewordenen Mädels – waren alle nur voll am Lachen. Boah, am liebsten wäre ich weggelaufen.

Als das Gummi riesig groß war, ließ Mom es doch tatsächlich durch die Klasse fliegen! Peinlich ist voll mal kein Ausdruck mehr. »Wer es fängt, der sagt bitte, was es für eine Form hat!«, sagte Mom.

Hilfe! Und bei wem landete das Dingen? Na klar, volle Kanone auf meinem Kopp. Ich glaube, ich war alarmrot im Gesicht. Ich nahm das Teil mit den Worten »Bäh, voll Kacke so was!« von meiner coolen Frisur und fasste es dabei nur mit zwei Fingern an. Als ich es dann so in der Hand hängen ließ, fiel mir auf, dass es eine leere Schlange sein könnte. »Schlange, es ist eine Schlange!«, rief ich.

»Sehr gut, Jan!«

»Machen wir also noch einen Versuch«, sagte Mom ernsthaft. Und sie pustete das nächste Teil auf.

Dann noch eins. Vier Stück insgesamt. Mega peinlich! Aber die anderen fanden das voll cool. Dabei raus kamen Figuren wie Schlange, Schlips – *lol*, sogar 'ne Clownsmaske – und ein Fisch. Krass ey!

Vor allem die Jungs waren voll angetan von dem, was meine Mom da laberte. Langsam musste auch ich das Grinsen anfangen, als Mom dann sagte: »Man kann die natürlich auch für außergewöhnliche Dinge gebrauchen. Damit meine ich extra coole Wasserbomben!«

Die Klasse fing an zu jubeln. Die Mädels hatten wohl längst vergessen, dass sie Ziel unserer Bombardierung gewesen waren.

»Aber lasst euch nicht dabei erwischen! Und als kleiner Tipp: Kondome sind viel zu teuer für solch einen Gaudi! Da könnt ihr lieber Müllsäcke oder Arzthandschuhe nehmen. Aber achtet darauf, dass ihr das nur außerhalb der Schule testet, denn sonst gibbet Ärger!«

Alles klatschte und lachte!

»Krass ey«, kreischte Gregor und sah mich lachend an. »Deine Mutter ist ja mal mega geil drauf!« Begeistert klatschte er weiter.

Was soll ich sagen? Biologie à la Mama – und alle hatten ihren Spaß!

Im Anschluss an diese Stunde musste ich mit Mom zum Rektor und versprach, so etwas nicht wieder zu tun.

Und falls künftig irgendwelche Beschwerden kommen würden, möge man bitte gleich die verantwortliche Lehrerin Frau Becker kontaktieren, damit ich nicht wieder als der Lausbub herhalten musste.

Ich bin mir sicher, dass sich die Jungs bei ihren nächsten Flausen an ihren Unterricht erinnern.

Mom brachte mich nach Hause und wir lachten, was das Zeug hielt.

»Jan, Baby, kannst du so 'nen Quatsch nicht nachmittags machen, beim Spielen oder so? Das, was in der Schule passiert ist, muss ich Dad sagen!«, sagte sie, als wir zusammen reingingen.

Papa, der gerade eine Pause machte, staunte nicht schlecht, als er auf einmal Mama sah. »Was ist nun schon wieder los?«, fragte er ziemlich zerknirscht. Der kann nämlich gar nicht darauf, wenn Mom vor ihm über die Geschehnisse in Kenntnis gesetzt ist.

»Öhm, nix. Mom hat bei uns Biounterricht gemacht! Den Rest sagt sie dir besser selber!« Schnell gab ich Mom einen Kuss und bedankte mich für ihre Hilfe. Bevor sie wieder nach Hause fuhr, sprach sie noch mit Papa.

Der kam danach natürlich prompt zu mir rein und meinte: »Jan, ich glaube, wir müssen mal ein Männergespräch führen!«

»Ja, ne, is klar! Mom hat uns das mit den Bienchen und Blümchen heute schon erklärt!«

»Okay, ich muss auch erst einmal weiterarbeiten, aber da reden wir noch drüber!«

»Alles klar, Dad. Ich bin dann mal einkaufen!«, sagte ich mit einem verschmitzten Lächeln und rauschte mit meinem Fahrrad ab.

»Aber keine Kondome! Die sind viel zu teuer!«

»Das weiß ich doch, Dad! Tschöööööö mit ööööö!«, rief ich und war wech.

Hauswand à la Jan Becker

Ich hab vor einiger Zeit ’n voll cooles neues Hobby entdeckt: Hauswände beschmieren. Also ich verschöner die nur, aber die Erwachsenen nennen das echt »Sauerei«. Würden die alle mal ihre alten Wände in Schuss halten, dann müsste ich nicht dafür sorgen, dass sie besser aussehen. Ich habe ein Heft mit vielen Zeichnungen drin, die ich als Vorlage nehme.

Allerdings sind einige meiner Kollegas, die das gleiche Hobby haben, schon mal erwischt worden, und das gab Taschengeldsperre, Hausarrest und umsonst arbeiten müssen. Und die Hauswände mussten auch geschrubbt werden.

Voll krass ey.

Also Faustregel: Nicht erwischen lassen! Und besser Schulen oder so nehmen als Häuser in der Straße, in der ihr selber wohnt.

Noch besser aber: Gar nicht erst damit anfangen, denn den Ärger, den wollt ihr nicht haben. Fünf Jahre Hausarrest. Der ist euch sicher, wenn se euch am Wickel kriegen. Ich glaub, ich leg mir auch lieber ein neues Hobby zu. Lest mal, was dabei so passieren kann:

Eines Morgens kam Julia bei mir vorbei und wir gingen gemeinsam zur Schule. Auf einmal staunte sie: »Oh Mann, schau mal. Alles Häschen mit Brüsten!«

Zugegeben, ich lachte mich innerlich schlapp. Von den ganzen Schulwandmetern – ich denke, insgesamt sind das so zehn Meter – waren auf knappe drei Meter Häschen gesprayt. Die anderen sieben Meter hatten die wohl ohne meine Hilfe nicht geschafft.

Dass Max, Jannik und Gregor nur Blödsinn machten, das war mir ja bekannt. Und vieles machte ich auch gerne mit. Aber nach der letzten Aktion musste ich mal die Füße stillhalten. Konnte ja nicht angehen, dass die mich bis an mein Lebensende einsperren wegen so 'nem Mist.

Nun denn. Die drei Kollegas haben auf jeden Fall alle bei Max übernachtet und sind, weil seine Eltern Frühschicht hatten, schon ganz früh aus dem Haus. Und morgens um 4 Uhr – boah, da penne ich noch wie ein Stein! – haben die echt voll krass die Sprühdosen aus dem Keller von Max' Vater genommen und die Schulwand verschönert.

Hahahahahaha!

Julia und ich liefen in das hässliche Gebäude und dann in unsere Klasse. Da stand auch schon der Hermann mit 'ner klaren Ansage: »Wenn ich den erwische, der das gemacht hat, dann gnade ihm Gott!«

Ach ja, wenn der nix zu fluchen hatte …

»Ich werde jetzt alle Taschen kontrollieren!«, schrie er.

»Öhm, was suchen Sie denn?«, fragte ich direkt.

»Du Lausebengel, du warst das bestimmt! Mit dir fange ich an!« Der alte Hermann kam auf mich zu, nahm meinen Rucksack und kippte den Inhalt einfach auf dem Schreibtisch aus.

»Geht's noch?«, fragte ich.

Er kramte alles durch, und dann, oh nein, mein Zeichenheft! Er durchblätterte es und zerrte mich *zack!* am Arm hinter sich her ins Büro.

»Ey, das kann's doch nicht sein!«, rief ich noch, aber das störte meine Lehrerin nicht, die uns hinterhersah, und die anderen lachten sich natürlich wieder einen.

Erst rief der Direx meinen Vater an, aber der war nicht zu erreichen. Dann versuchte er es bei meiner Mom, die dann auch kam.

»Frau Becker«, brüllte der olle Hermann. »Ihr Sohn hat die ganze Schulwand besprüht. Für den Schaden kommen Sie auf! Außerdem wird das Konsequenzen haben!«

Wer jetzt meint, dass meine Mom davon ausging, dass die Beweislast zu meinen Ungunsten ausreichte, der irrt.

»Herr Hermann, wann soll das passiert sein?«

»Keine Ahnung, aber Ihr Sohn hat diese Zeichnungen in seinem Heft, also war er das auch!«

»Noch mal, Herr Hermann, wann soll die Wand mit den Graffitis besprüht worden sein?«

»Ich weiß es nicht. Gestern war das noch nicht. Heute Morgen hab ich das gesehen! Also muss heute Nacht gesprüht worden sein.«

»Wissen Sie, was Kinder nachts tun?« Meine Mom sah den ollen Hermann fragend an und antwortete gleich selbst: »Sie schlafen. Und nur weil mein Sohn solche Zeichnungen in seinem Heft hat, ist das noch lange kein Beweis dafür, dass er der Sprayer war!« Nun schaute sie mich an. »Jan, wer weiß von deinen Zeichnungen?«

»Na ja, so ziemlich alle Kollegen!«, sagte ich und senkte den Kopf.

»Jan, geh in deine Klasse. Ich komme gleich mit Herrn Hermann nach!«

Ganze drei Stunden lang war Mom da. Ich kann euch sagen, die hatte vielleicht Stress mit dem Hermann! Und Fotos haben sie auch gemacht.

Max, Gregor und Jannik ging der Arsch auf Grundeis. Vielleicht sollte ich sie verpfeifen?! Ich war es schließlich wirklich nicht gewesen.

Julia war voll sauer auf mich. Und das, obwohl ich nix gemacht hatte.

Irgendwann wurde ich wieder aus dem Klassenzimmer geholt, und dann durfte ich Mom Rede und Antwort stehen. Und als wenn das noch nicht genug gewesen wäre, kam auch Papa noch zur Schule.

Ich kann euch sagen, die beiden sind, wie sie sind, aber wenn die eines können, dann mich vor dem Scheiß beschützen.

Der Direx war stinkesauer, und tja, was soll ich sagen, er kam mit seiner Anklage gegen mich nicht durch. Dafür ließ er prompt zwei Tage später Kameras installieren. Ich hoffte, sie würden die Übeltäter finden, schließlich war ich es nicht gewesen.

Zu Hause erteilte Papa mir 'ne richtige Ansage, aber er fand die Dinger auch irgendwie lustig.

Und Julia, die war ja mal krass drauf. Die servierte mich eiskalt ab und ging auf einmal mit Max. Stellt euch das mal vor! Einfach so, weil er ja niemals Dummheiten im Kopp hätte. Wenn die wüsste ...

Auf jeden Fall – es war eine Woche später – kam in der zweiten Stunde wieder mal der olle Hermann in die Klasse gestürmt. »Jetzt haben wir den Sprayer!«, brüllte er. »Er hat wieder zugeschlagen! Ich will jede Jacke sehen – sofort!«

Wir alle unsere Jacken geholt, und was war. Ja, ne, is klar, der Max macht das nicht. Prompt zeigte der seine Jacke, und dumm, wie der war, hatte er noch die Farbe an den Schmierpfoten und gestand, dass er es gewesen war.

»Du bist das. Jetzt bin ich aber schwer enttäuscht von dir!«, maulte Julia und sah Max giftig an. Dann kam sie ernsthaft wieder zu mir in die Arme gelaufen.

»Ne, Julia, lass mal. 'ne Freundin, die mir nicht glaubt und den Nächstbesten nimmt, ehe sie mit mir Schluss macht, die brauch ich nicht!«

»Bist aber ganz schön arrogant, was, Jan!«, flennte sie.

»Alter, hakt es bei dir im Spatzenhirn, oder was? Zisch ab und gut is!«

Seitdem versuchen wir uns aus dem Weg zu gehen, aber das ist natürlich nicht so einfach. Vor allem weil sie immer wieder meint, dass sie weinen muss, wenn sie mich sieht. Da versteh mal einer die Weiber.

Max bekam Schulverbot. Ja, tatsächlich! Der musste woanders hin und die Eltern mussten die Reinigung der Wand bezahlen. Den seh ich bestimmt nie wieder.

Bin ich froh, dass ich da echt nix mit zu tun hatte. Wer weiß, wo ich gelandet wäre.

Vielleicht klingel ich mal die Tage bei Max an und schau nach dem Rechten.

Hoffentlich hat er aus der Nummer was gelernt.

Ei ei ei, die dicke Berta ...

Ja ja, die dicke Berta. Manchmal sagen meine Eltern den Satz so, aber wenn ich ihn sage, dann meine ich damit, dass mich dieses Mädchen – Berta – seit ein paar Tagen verfolgt. Egal wo ich bin, egal was ich mache, ständig läuft sie mir über den Weg.

Bisher hab ich noch nix von der dicken Berta gesagt, weil sie unwichtig war. Aber nun ist sie mein Albtraum.

Berta geht in die Parallelklasse und fährt offenbar voll und ganz auf mich ab. Ein kleiner lebender Mops, mehr fällt mir dazu nicht ein.

Berta hat rote lange Haare, fette Sommersprossen im Gesicht und – na ja – ist eben von der Statur her wie ein Mops. Nicht dick – oder besser fett wie die Susi, die auf mich fliegt, aber eben mit rundem Bauch, den sie vor sich her trägt.

Und ich schwöre, es gibt kaum Menschen, die man immer nur futtern sieht – außer Berta. Egal wann man die sieht, jedes Mal stopft die was in sich rein. Besonders oft sieht man sie mit Sandwiches, Schokoriegeln, fetten Berlinerchen oder den ach so saftigen Gummibärchen. Widerlich! Die wird noch in Schokosauce ersticken, wenn sie so weitermacht.

Auf jeden Fall ging ich einen Tag in den Supermarkt, weil mein Papa mir einen Zettel auf den Tisch gelegt hatte. Darauf stand:

- Klopapier
- Küchenrollen
- Butter
- Milch
- Joghurt

Als wenn ich die Einkaufshilfe wäre. Ich durch den Supermarkt gehuscht, als auf einmal die dicke Berta neben mir stand – mit einem Schokoriegel in der Hand und fett Schokolade an ihrem Mund. Als wenn ich nix zu tun hätte, laberte die mich an.

»Hi Jan, isst du auch so gerne Joghurt und machst dir Müsli da rein? Ich mach mir das jeden Morgen. Mal mit Obst, mal mit Schokosplittern, mal mit Zucker. Meine Mama mag das auch gerne. Aber mein Papa, der steht auf Herzhaftes wie Leberwurstbrote und so. Weißte? Der hat nämlich keine Zeit. Der ist immer da und wieder ganz schnell weg.«

Alter, warum ich? Nur mit Mühe und Not wurde ich Berta wieder los. Welch ein Glück, dass meine Tante zufällig auch gerade einkaufen war und mich in ein Gespräch verwickelte. Ich kurz die Lage gepeilt – und dann ab wie ein Schleppesel zur Kasse und nix wie nach Hause.

Hoffentlich begegnete ich dieser Berta nicht so schnell wieder.

Einen Tag später – ich kam gerade von der Schule und hatte Kohldampf – lief ich wieder in den Supermarkt. Schnell 'nen Tiefkühler holen und dann ab nach Hause, chillen und später zum Training. So dachte ich wenigstens.

Ich hing mit meinem Kopp in der Kühlung, als es auf einmal jemand wagte, mich an meinem säxy Popöchen anzutatschen. Ich hörte erst ein schmatzendes Kauen, dann eine Stimme, die ich nur zu gut kannte: »Hi Jan, da biste ja wieder. Haste auch Hunger? Sollen wir zusammen nach Hause gehen? Wäre doch toll, wenn du mich nach Hause bringst!«

»Öhm, ne, Berta, so viel Zeit hab ich nicht. Weißte, ich hab heute Training und muss mich echt beeilen. Sorry.«

Die spinnt ja wohl, dachte ich. Wenn ich mit der zusammen nach Hause gehe, dann muss ich einen Umweg von bestimmt zehn Minuten laufen.

Als ich draußen war, rief auf einmal Berta hinter mir her: »Hey Jan, warte mal, dann eben anders herum: Ich bringe dich nach Hause!«

Och nöööööööööö, dachte ich mir. Im Galopp lief der Mops auf mich zu. Das Erdbeben kam näher und wurde immer stärker. Orkan Stärke 7, würde ich sagen.

»Öhm Berta, das ist ein Umweg für dich, lass mal und futter lieber in Ruhe deinen Riegel weiter!«

»Echt? Macht nix. Meine Mama sagt, viel laufen ist gesund, und ich nehme auch noch dabei ab!«

Ach du heilige Sch…, das konnte echt nicht wahr sein! Aber es war wahr. Bis wir bei mir zu Hause ankamen, hatte die ganze vier Riegel weggefuttert. Alter, das kann doch nicht normal sein.

Kurz vor dem Haus, in dem wir leben, sagte ich dann: »Mach's gut, Berta, und immer schön schnell laufen, erst dann nimmste wirklich ab!« Ich sah zu, dass ich ins Haus kam.

Und von da an ging es erst richtig los: Jeden Tag lief sie mir rein zufällig über den Weg. Das war schon richtig peinlich. Zumal die Jungs alle dachten, dass ich was mit der am Start hätte.

Und die laberte mich echt schwindelig. Ich weiß gar nicht, wie ein Mädel so viel futtern und dabei auch noch reden kann.

Ihr Onkel sollte wohl bald zu Besuch kommen. Der beschenkt sie immer, sagte sie. Und nicht mit billigem Scheiß, sondern mit sauteurem Zeug. Er fährt ein Luxuscabrio und hat zwei Riesenhunde, die beide ein Luxushalsband mit Diamanten drauf tragen. Sie leben im Hundehotel, wenn er im Urlaub ist. Laut Berta ist ihr Onkel voll reich und hat keine Ahnung, wie er das ganze Geld ausgeben soll.

Mannomann, ich hasse solche Storys!

»Berta«, sagte ich eines Tages zu ihr, »ich mag so reiche Leute nicht. Meine Eltern müssen hart für ihr Geld arbeiten und ich werde das später auch mal tun. Schön, dass du so einen Onkel hast, aber ehrlich gesagt geht mir das an meinem knackigen Po vorbei!« Ich sah, dass meine Ansage sie traurig machte.

»Vielleicht lernst du ihn einfach mal kennen, Jan!«

»Ne du, lass mal. Ich lerne nur Fußballstars kennen, die müssen nämlich hart trainieren, um richtig Kohle zu verdienen!«

Alter, das war mal nicht zum Aushalten. Ewig hatte ich die an den Hacken. Es ging so weit, das ich beschloss, morgens früher zur Schule zu gehen. Ganze fünfzehn Minuten, die mir jeden Tag an Schlaf fehlten, und das alles nur wegen der dicken Berta.

Und ihr wisst ja, Leute, ich brauche meinen Schönheitsschlaf. Dafür ist, wie jeder weiß, jede Minute wichtig!

In der Schule angekommen, stand Jannik schon da. »Hey Alter, was geht? Wo haste denn deine neue Freundin gelassen?«

»Hahahahahaha! Ich geb dir gleich – neue Freundin. Alter, die verfolgt mich. Ich hab schon Albträume von dem Schokomonster!«

»Tja, Kumpel, ich würde sagen, die ist mal voll in dich verschossen!«

»Ne, hau ab, die geht gar nicht! Musst dir mal anhören, was die immer so brabbelt.«

»Na ja, sieh es mal anders: Würde sie dich nur stumm verfolgen, dann wäre das auch doof!«

»Sehr witzig, Alter, sehr witzig!«

Ein harter Schultag ging vorbei, die nächste Klassenarbeit stand an und ich musste noch dafür lernen. Doch vorher wollte ich mir von Felix ein paar Spiele ausleihen, weshalb ich kurz rausging. Als ich wiederkam, rief Papa: »Jan, Telefon!«

Da Julia immer wieder anrief – irgendwie war die ja meine Puppe und ich würde sie schon gerne wieder wohlwollig knutschen –, fragte ich direkt, ob sie das ist. Dabei rannte ich ins Haus und flog volles Rohr über die Schuhe meiner Schwester Lisa.

Mann ey! »Könntet ihr mal euren Mist aus dem Weg räumen?«

Am Telefon angekommen, pustete ich: »Julia, Puppe?«

»Nein, hier ist Berta. Meine Freundin ist die Schwester von Felix, und die hat mir erzählt, dass er dir ein paar Spiele geliehen hat. Kannst du mir eins davon geben? Felix weiß schon Bescheid.«

»Ach, du bist es! Seit wann zockst du Pläysi, und dann auch noch Fußball?«

»Ja, schon lange. Ich liebe coole und trainierte Jungs! Bist du da? Dann hol ich es mir eben, du hast ja noch genügend andere Spiele!«

»Ja klar, ich bin noch fünfzehn Minuten da, dann muss ich zum Training.«

Was soll ich sagen? Kein Plan, wie die das gemacht hat, aber die war echt nach vier Minuten bei mir. Als es klingelte, rief ich Papa zu: »Ich geh schon!«

Nicht dass er die noch reinließ und zu mir ins Zimmer schickte. Vielleicht wollte die mich auch nur knutschen – und dann ... *Bäh!* Ne ne, das geht nicht. Die ist wie ein Panzer. Wenn die sich auf mich legt, bin ich platt wie 'ne Flunder!

Ich öffnete die Tür und drückte ihr das Spiel in die Hand.

»Das ist aber nett von dir!«, sagte sie und grinste mich an. »Ich bringe es dir gleich morgen wieder!«

»Ne, is klar. Lass dir Zeit!«

»Ach, Jan! Kann ich euch beim Training zuschauen? Ich liebe es, Fußballer anzuschauen. So sportlich trainierte Körper. Ich könnte euch die Daumen drücken. Gerade jetzt vor dem großen Finalspiel!«

»Öhm ne, du, Berta, das geht nicht. Wir trainieren lieber ohne Mädels. Wir müssen noch Codes und so besprechen! Alles topsecret! Verstehste doch, oder?«

»Ach so, ja klar! Das versteh ich voll. Machen die großen Mannschaften ja auch, damit nur die verstehen, wo der Ball hingeschossen wird!«

»Ja, genau! Also bis dann!«

Mann, wie blöd muss man sein?

»Bis morgen, Jan!«

»Lass dir Zeit mit dem Spiel, das eilt nicht!«, rief ich ihr noch hinterher, aber die dicke Berta hatte sich schon auf ihr Rad geschwungen und war mit einem Affenzahn davongedüst.

Wahnsinn, wie manche Menschen sich trotz ihres Gewichts so schnell davonmachen können.

Eine halbe Stunde später war ich dann mit Lernen beschäftigt. Ich musste ja schließlich morgen in Mathe 'ne Zwei schaffen – okay, oder 'ne Drei – als Ausgleich für Geschichte, wo ich doch glatt 'ne Vier bekommen hatte, weil ich ständig beim Direx saß, statt im Unterricht den Stoff mitzubekommen. Gehört echt verboten so was. Ich hatte mir ja schon so oft vorgenommen, in manchen Fächern besser zu werden, aber das war gar nicht so einfach. Wie auch, wenn der Schulleiter meinte, dass er mich ständig vom Unterricht fernhalten musste. Aber irgendwie würde ich das schon schaffen. Es konnte ja nicht sein, dass er, wie angekündigt, ein Sitzenbleiben-Zeugnis ausstellte. Den Triumph gönnte ich ihm einfach nicht.

Ich musste mal meine Mom fragen, ob die mir helfen konnte. Papa hatte da immer keine Zeit für. Lust wohl ebenfalls nicht. Alles andere hatte bei ihm Vorrang, und 'ne Leuchte war der in manchen Fächern auch nicht gerade. Das lag wahrscheinlich an seinem Alter. Mom hatte ja quasi erst die Schule hinter sich und noch einiges im Köppken. Bei Papa sah das anders aus.

Na ja, als mir nach zwei Stunden Büffeln der Kopp zu qualmen begann, beschloss ich, mir mein Longboard zu schnappen und rauszugehen. Ich rief eben bei Max durch und er holte mich ab. Gemeinsam fuhren wir in die Nebenstraße, wo uns auf einmal Julia und Lisa entgegenkamen. Aber wer war der Typ an Julias Seite? Den hatte ich ja noch nie gesehen!

Mein Herz raste, als ich Julias bezauberndes Lächeln sah. Ich hätte sie so gern geküsst, aber sie lief ja neben diesem Typen her. Außerdem hatten wir keine Lust, uns mit 'nem fremden Lackaffen zu unterhalten. Cool und lässig legten wir ein Grinsen auf und ich fragte im Vorbeifahren: »Na, Mädels, alles paletti?«

Ich hörte noch, wie der Typ fragte: »Kennt ihr den Penner etwa?«

Lisa antwortete: »Das ist mein Bruder Jan mit seinem Kumpel Max!«

Und *zack*, waren wir schon zu weit weg, um sie noch zu hören.

Ich konnte echt nicht fassen, dass die mit so 'nem Typen abhingen. »Was treibt so süße Puppen zu so 'nem Sackgesicht?« Max seufzte doch tatsächlich.

Ich konnte mir später zu Hause die Frage nicht verkneifen. »Sag mal, Lisa, was macht ihr mit so 'nem Spacken?«

»Nix, Jan, wir haben ihn zufällig getroffen!« Lisas Gesicht veränderte sich schneller, als ich gucken konnte. »Der Klausi ist voll nett!«, schwärmte sie.

»Passt auf«, ermahnte ich sie, »und geht ihm aus dem Weg. So Typen mag ich nicht!« In meinem Kopp herrschte auf einmal ein Chaos, ausgelöst durch so einen Honk. Mann ey!

Kennt ihr das, wenn ihr Schmetterlinge pur im Bauch rumschwirren habt, aber euer Kopp sich in dem Moment anfühlt, als wenn er eine Kelle abbekommen hätte? Fürchterlich so was.

Abends konnte ich natürlich nicht einschlafen. Immer musste ich an Julia denken und daran, dass sie vielleicht auch für diesen Lackaffen schwärmte. Aber morgen durfte ich die Klausur nicht verhauen, also büffelte ich noch eine Weile. Doch leicht fiel mir das nicht. Wenn ich die Arbeit verhauen würde, wäre das ganz alleine Julias schuld!

Als ich da so am Tisch saß und dabei leise Mucke hörte, lief ein Song, der irgendwie passte. Übersetzt hieß der ungefähr so: »Hartes Leben, das Leben ist manchmal richtig hart!«

Doch es half nix. So eine Schnecke reißt mich nicht in ein Tief, dachte ich. Also ab ins Bett und morgen wieder früh aufstehen, ehe mir die dicke Berta wieder über den Weg läuft!

Der Wecker klingelte wie immer gnadenlos. Als ich ihn zum wiederholten Mal ausmachte, dachte ich, dass ich doch mal schauen müsse, wie spät wir es denn hatten. Oh Mist, sieben Uhr! Schnell aus dem Bett gesprungen und ab ins Bad, wo meine Schwester und meine Halbschwester gerade Modenschau machten. Ich schmiss beide raus, duschte und stylte mich. Der nächste Blick auf die Uhr verriet: Frühstück fällt aus! Och menno!

Und wer lief mir auf dem Weg zur Schule hinterher? Richtig, die dicke Berta. Und wieder sabbelte die mir direkt einen an die Kiste.

Sie wünschte sich doch so sehr Katzen, Hunde und Kaninchen, aber ihre Eltern erlaubten ihr das nicht, weil die ja Dreck machten, Pflege brauchten und so weiter …

Sie wollte sie so lange nerven, bis die Eltern endlich ja sagten.

Mann ey, ich konnte vor Müdigkeit keinen Ton rauskriegen. So gerne hätte ich ihr einen Klebestreifen auf den Mund gepappt, damit mal Ruhe war. Das dämliche Gelaber konnte sich wirklich keiner anhören.

In der Schule angekommen, sah ich Julia schon wieder mit diesem Typen rumstehen. Schlimm so was. Und als ich an ihr vorbeiging, sagte sie: »Na, Janny Boy, haste auch schön geübt?«

»Ey Puppe, geh mal zu deinem Lover und nerv nicht, klar!«, maulte ich sie an.

Was sie mir hinterherrief, kein Plan, aber es interessierte mich auch nicht. Mir war nur wichtig, dass ich eine gute Note bekam.

Zwei Stunden später. Die Arbeit war fertig geschrieben und das Ergebnis würde sich sehen lassen können. Ein Wunder bei all dem Zirkus und Trubel, den Julia und die dicke Berta abgezogen hatten. Ich glaube, der Mathelehrer hatte geahnt, was meine Lieblingsaufgaben werden würden. ☺

Noch drei Stunden Schule. Sportunterricht. Sonderunterricht für die Kicker, die gegen eine andere Schule antraten. Also ab in die Sporthalle. Dort wurde der Kapitän der Mannschaft gewählt. Und jetzt ratet mal, wer das war? Genau, der Affe, mit dem Julia sich jetzt rumtrieb. Wahnsinn! Ausgerechnet der. Er wurde eingesetzt, weil Jannik eine fette Grippe hatte und ausfiel. Na bravo!

Dann war da noch Jo, der Neue in der Klasse, ein wahrer Streber, sag ich nur. Krasse Hornbrille trägt der, und dazu passend immer Birkenstocklatschen. Der sollte nicht, musste aber auch mitspielen und hatte partout echt vor, anstatt mit Fußballschuhen mit den Latschen zu kicken. Ging mal gar nicht. Also er mit den Tretern auf das Fußballfeld, und *zack*, nachdem er den ersten Ball voll vor dem Zeh hatte, ein riesen Geschrei.

Das weiß doch nun wirklich jedes Kind, dass man sich die Zehen bricht, wenn man mit Birkenstock spielt. Aber nein, nicht Jo. Okay, der fiel also schon mal aus. Da saß er fluchend und heulend auf der Bank, wartete auf den Notarzt und rief immerzu: »Das habt ihr mit Absicht gemacht! Es ist eure Schuld, dass mein Zeh gebrochen ist!« Ne, mein Lieber, selber Schuld! Sah aber auch übel aus mit dem nach oben abstehenden Zeh. Hahahaha!

Ganz nebenbei erfuhren wir, dass eine Mannschaft gesperrt war und somit unser Easy-Gegner ausfiel, der Nachrücker aber die Kingball-Mannschaft sein würde. Au Mann, dachte ich, da verlieren wir haushoch! Die sind doch um Welten besser als der Haufen, mit dem ich hier spielen muss.

Kein Wunder auch bei dem Mannschaftsnamen, den wir bekamen: »The Love Kicker«. Sagt alles, oder? Da hätten die uns auch gleich »Oma-Kickers« oder »Schwulen-Kickers« nennen können.

Na ja, ich wartete erst mal ab. Vielleicht geschah ja noch ein Wunder bis zum Finalspiel am Wochenende.

Nach der Schule schnell nach Hause und direkt ab zum Vereinstraining. Ich spiele ja in einer Mannschaft, die ganz gut ist. Und ich bin klaro nicht der Beste, aber immerhin der zweitbeste Spieler in dieser Mannschaft.

Ich schwöre, die haben mich schon ausgelacht wegen meiner Fußballmannschaft in der Schule, aber was soll ich machen, das ist Pflicht, da anzutreten.

Na ja, dann war es so weit. Eine turbulente Woche ging zu Ende und endlich fand das Finalspiel der Schulen statt.

Wir zogen uns um und wärmten uns gerade auf, da kam doch Mister Birkenstock persönlich herbeigehumpelt und wedelte mit seiner Krücke rum: »Ihr Loser, ihr werdet verlieren!«

Ich war das so leid.

Plötzlich kam der Trainer, also Sportlehrer Michels, und *schwupps*, machte er mich zum Kapitän der Schulmannschaft.

Wow, auf der einen Seite war ich voll geehrt, aber auf der anderen Seite würde das die größte Blamage meines Lebens werden, wenn ich mit der Mannschaft, und dann auch noch als Kapitän, verlor!

Aber wer außer mir hatte wirklich Ahnung von Fußball? Eben, kaum einer. Also ich als Kapitän alle Spieler in der Mannschaft am Flipchart in der Umkleide gebrieft und erklärt, was es bedeuten würde, wenn wir verloren.

»Wollt ihr verlieren?«, schrie ich in die Runde.

»Neiiiiiiiiiiiiiiiiin!«, grölten alle.

»Wollt ihr gewinnen?«

»Jaaaaaaaaaaaaaaa!«

»Gut, dann lasst es krachen! Wenn wir heute gewinnen, dann sorge ich für einen schulfreien Tag!«

»Wie geil!«

»Cool!«

»Wir rocken das Dingen!«

Na, das konnte ja heiter werden ...

Wir stellten uns auf. Immer zwei nebeneinander. Auf dem Weg zum Spielfeld flog der erste Depp – es war Gregor – über seine eigenen Schnürsenkel. Da hatte der echt verpeilt, die zuzumachen. Oh Mann, ich war erledigt!

Dann, endlich, waren seine Schuhe zu und wir konnten wieder losmarschieren. Am Spielfeldrand angekommen, warteten wir auf unseren Sportlehrer. Wie gut, dass meine Eltern arbeiten mussten und heute nicht hier waren.

Als endlich unsere Gegner aus ihrer Kabine kamen, Hammer, da lief eine Sportlehrerin mit megaaaaa Brüsten vor denen her – voll schlank und mit langen blonden Haaren.

Krass ey.

Alle Jungs in meinem Team waren auf einmal hellwach. »Ey Alter, guck mal die Blondine!«

»Boah, die würde ich gern mal knallen!«

»Alter, hat die Möpse!«

Irgendwie hatten sie recht. Welch eine Augenweide!

Kurz darauf kam der olle Hermann, unser Direx, und zog mich an die Seite. Nicht schon wieder!, dachte ich.

»Jan, ich muss mich bei dir entschuldigen«, stammelte er.

Nanu, was war das denn? War er das wirklich oder nahm er irgendwelche Pillchen ein?

»Ich habe dir mit der Graffiti-Sauerei Unrecht getan und es bisher versäumt, mich bei dir zu entschuldigen.«

»Wow, das nenne ich mal vernünftig! Entschuldigung angenommen, aber die Vier aus dem Geschichtsunterricht, die müssen Se noch streichen, weil ich da wegen Ihnen immer fehle!«

»Jan Becker«, der Direx lachte, »du bist einfach ein Lausbub. Gewinnst du mit deiner Mannschaft, dann dreh ich da was, und wenn nicht, bleibt die Note, wie sie ist!«

»Ich nehme Sie beim Wort, Herr Hermann!«, rief ich und eilte zu meiner Mannschaft, als unser Rektor mir doch ernsthaft hinterherschrie: »Ihr verliert eh!«

So, es reichte. Jetzt erst recht!

Im selben Moment startete endlich die Ansprache, und dann kam es zum Anstoß.

3. Spielminute: Prompt hatten wir das erste Gegentor drin.

12. Spielminute: Und wieder ein Gegentor. Meine Abwehr war zu blöd, um 'nen Eimer Wasser umzutreten.

28. Spielminute: Schon hatten wir das dritte Gegentor kassiert. Wie peinlich! Und alle riefen uns zu: »Ihr könnt nach Hause gehen, ihr könnt nach Hause gehen ...« Ging mal gar nicht.

Dann endlich eine Möglichkeit für mich: 33. Spielminute – und Schuss, und »JAAAAAAAAAAA!«, mein erstes Tor.

Der Uli hatte ein Ecktor ergattert und schoss den Ball in meine Richtung. Ich auf den Ball zu und ... und ... und ... »TOOOOOOORRRRRRR!« Mein zweites Tor in der 41. Spielminute.

Halbzeit: 3:2 für die Gegner.

In der Kabine machte ich dem Sauhaufen klar, wer wie wo zu spielen und was jeder zu tun hatte, wenn ihm ein Ball vor den Fuß rollte. Gucken, visieren, anpeilen und einem der Mannschaftskameraden zuspielen – nicht dem Gegner! »Jungs, zeigt, dass ihr Männer seid, und macht die Gegner platt! Wir holen uns den Pokal!«

»JAAAAAAAAAAA!«, schrien alle zusammen.

Mit Gregor sprach ich mich ab. Er war Stürmer im Verein und wusste, wie man kickte. Der Bernd sollte uns den Ball zuspielen und der Jonas auch.

Die zweite Halbzeit begann echt zum Mäusemelken. Manche kapieren einfach nicht, dass Tore dazu dienen, die Bälle reinzukicken oder aber den Ball vorher aufzuhalten, eben damit keine Gegentore reinkommen.

52. Spielminute: Das vierte Gegentor war kassiert.

54. Spielminute: Was machte Kurt, der Blödmann? Der schoss ernsthaft ein Eigentor! So doof konnte man doch gar nicht sein!

Es stand 5:2. Keine Aussicht auf Erfolg.

Dann endlich die Chance in der 60. Spielminute: Jonas spielte Gregor den Ball zu, der spielte ihn zum Täuschen zu mir, ich wieder zu ihm – und »TOOOOOOOOORRRRRR!«

Es stand 5:3 für die Gegner, und wenn die noch ein Tor machten, dann wurde es eng.

74. Spielminute: Der Ball kam zu mir, Schuss und Toooooooooorrrrrrrrr!

Wow, 5:4, das sah ja gar nicht mal so schlecht aus.

81. Spielminute: »Tooooooooooorrrr!« – aber leider für die Gegner.

Die führten jetzt 6:4, das konnte doch echt nicht wahr sein.

Dann unsere Chance. Jonas schoss einfach drauflos. Wir hatten ja eh nix mehr zu verlieren. Und jaaaaaaaaaa! 6:5!

Das war aber auch zum Heulen. Die letzten Spielminuten tickten. Wie sollten wir denn jetzt noch gewinnen? Die gegnerische Mannschaft rannte voll wild über den Platz, als Jonas ihnen den Ball abluchste – und dann ... dann ... »Tooooooorrrrrr!«

»Yes!«

Kaum wollte der Torwart den Ball zu seinem Teamspieler kicken, war ich schon da und holte mir das Leder – und Schuss und Latte. Wieder stürmte ich drauflos und legte mich dabei voll ab. Aus dem Augenwinkel sah ich den Ball fliegen – und TOOOOORRRRR, TOOOOOOORRRRRRR!

Jeder von uns sang: »We are the Champions!«

6:7 für uns. Was für ein brutales Spiel! Es hätte nicht viel gefehlt und ich hätte auswandern müssen.

Wir gewannen das Preisschulgeld und den Pokal und kassierten direkt 'ne gute Note. Als wir vom Spielfeld liefen, nahm mich der Direx beiseite. »Respekt! Fußball kannst du ja!«

»Hehe, und auch in Geschichte kann ich gut sein!« Ich lachte und ging zu meiner Mannschaft.

Kaum standen wir da und feierten und jubelten, da kam auch schon die dicke Berta, klopfte mir auf die Schulter und knutschte mich einfach.

Wie ekelhaft!

Alles war am Grölen!

Ich schubste die dicke Kuh von mir weg und sagte ihr ganz klar, dass sie mich in Ruhe lassen sollte. Wie Mädchen so sind, fing sie an zu flennen und rannte wech.

Alter, der hat doch jemand in ihr Schokospatzenhirn geschissen!

Wir ließen uns eine Woche lang feiern und bejubeln, hatten viele Termine mit Redakteuren von verschiedenen Zeitungen und ich stand als Kapitän ganz groß abgebildet auf dem Titelblatt. In dem Moment war ich richtig glücklich.

Aber ich vermisste auch etwas. In dieser Woche ging mir Julia mehr als zuvor aus dem Weg. Und ich hatte keine Ahnung, warum das so war.

Erst als einer unserer Lehrer einen Tag lang Julia neben mich setzte, fiel mir auf, wie glänzend ihr Haar war, wie gut sie doch duftete. Doch anstatt mich auch nur ein einziges Mal anzusehen, trat sie mich!

Auf einem Zettel schrieb ich: »Miss you!«, und schob ihn ihr rüber.

Und wisst ihr, was sie dann schrieb?

»Miss you too! Aber du liebst ja die fette Berta!«

Öhm, Moment mal. Bitte was?

»Puppe, ich lieb die nicht. Die hat mich tagelang verfolgt! Du bist doch meine Puppe.«

»Und der Kuss auf dem Spielfeld?«

»Ach so, der! Der kam von ihr. Ich hab sie dann weggeschubst und ihr gesagt, dass sie mich in Ruhe lassen soll!«

»Echt?«

»Ja, echt!«

»Kommst du nachher zu mir auf den Hof?«

»Ja, mach ich!«

Nachmittags fuhr ich dann zu Julia. Wir redeten und redeten, dass mir bald schwindelig wurde. Und wir beschlossen, dass wir es noch einmal zusammen versuchen wollten.

Ach ja, und ihre Küsse, die schmeckten so gut …

Vierzehn Tage später gab es Zeugnisse und ich hatte nicht eine Vier!

Der stämmige Max ist nun mit der dicken Berta verknutscht. Der ist wohl auch der einzige Depp, der ihr Gelaber ertragen kann. Freut mich für ihn. Allerdings haben wir Jungs nun immer weniger Zeit für unsere Treffen. Ewig haben wir die Weibers im Schlepptau. Aber egal, das wird sich schon wieder legen. Und wenn nicht, dann lassen wir uns was einfallen, denn Männersache ist Männersache und nicht Mädelsding.

Ein Bett im Kornfeld

Julia, oh Julia ... Alles in meinem Leben drehte sich neben Familie, Schule, Fußball und mittlerweile kaum noch Pläysi um Julia, die es schaffte, mich nach der Sache mit Max wieder um den Finger zu wickeln.

Krass, das konnte doch so nicht weitergehen. Die hatte mein Leben voll im Griff. Das musste sich ändern, ehe ich zum Pantoffelhelden wurde.

Eines Nachmittags fuhr ich zu ihr nach Hause und wir lagen stundenlang chillig in ihrem Zimmer. »Sollen wir nicht mal was zusammen machen?«, fragte sie mich am Abend mit ihren riesigen Kulleraugen.

Ich dachte, es hakt bei der. »Ey Puppe, was willste denn machen? Wir hocken doch schon wie die Hühner aufeinander.«

»Na, ich dachte an einen Ausflug oder so!«

»Öhm, warte mal. Wir waren letzte Woche im Zoo. Vor ein paar Tagen sind wir Eis essen gegangen und waren Klamotten kaufen. Was willste denn jetzt schon wieder machen?«

»Weiß nicht. Dachte, du könntest mal echt voll romantisch sein! Susis Freund ist das auch!«

»Na bravo. Bin ich Susis Freund? Nein! Alter, ich bin müde. Schlaf gut, Puppe!«, sagte ich genervt und machte 'nen Abgang, ohne ihr einen Kuss zu geben.

Ich legte einen Julia-Pause-Tag ein und dachte nach, was ich alles so gemacht hatte, bevor Julia mein kleines Herzchen im Sturm erobert hatte. Manchmal vermisste ich zwar die Flausen, aber irgendwie war es, seit ich mit ihr ging, alles so schön chillig geworden. Ich überlegte. Eine Entschuldigung musste her. Und etwas Tolles, was ich Julia präsentieren wollte. Aber was? Dann kam mir die zündende Idee: ein Picknick am Abend! Julia wollte doch Romantik erleben. Die kann se haben, beschloss ich. Ich also ab in den Keller und den Picknickkorb gesucht. Der musste erst mal entstaubt werden, bevor ich eine fette Einkaufsliste machte:

- Saft
- Eistee
- Herzchenpralinen
- Salamistangen
- Salzstangen
- Limo
- Rosen

Ich fragte Papa noch schnell nach Taschengeld, und am nächsten Tag ging es ab in den Supermarkt, wo ich die dicke Berta und Max traf, die beide dabei waren, Riegel zu futtern.

»Ey Max, Alter, wenn de so weitermachst, dann erstickst de unter deiner fetten Wampe!«, rief ich.

Mann, was war der sauer! »Alter, halt die Klappe. Besser 'ne Wampe, als keine Zeit mehr für Freunde zu haben!«

Alles klar, das hatte gesessen! »Wenn de meinst, Fettsack!«, rief ich und machte 'nen Abflug zur Kasse.

Zu Hause – wie konnte es anders sein – stellte ich die Getränke mit einem Zettel dran in den Kühlschrank. Gibt ja nix Schlimmeres als warme Plörre. Dad sah mich an wie ein Auto, nur nicht so schnell, und konnte sich nicht verkneifen zu sagen: »Dich hat es aber ganz schön erwischt, was?«

Ich schaute kurz zurück und packte Geschirr und Becher in den Picknickkorb. »Hahaha! Mann ey, kann man nicht mal was Schönes mit seiner Freundin machen, ohne dass irgendeiner seinen dummen Senf dazu abgibt?«

»Freundchen, das hab ich jetzt nicht gehört. So redest du mit mir nicht, sonst kannste gleich wieder auspacken und bleibst morgen zu Hause. Ist das klar?«

»Sorry, Dad, aber seitdem ich mit Julia zusammen bin, machen alle nur dumme Bemerkungen. Das nervt richtig!« Papa kam zu mir, nahm mich in den Arm und sagte: »Ich kenne das, Jan, aber da stehst du als echter Kerl doch drüber!«

»Okay, ich muss weitermachen! Und, Dad: Ich hab dich lieb!«

»Ich dich auch!«

Als alles im Kühlfach beziehungsweise im Picknickkorb verstaut war, schüttete ich noch Wasser in die Blumenvase und stellte die Rosen rein, die ich gekauft hatte. Nicht dass die Dinger für schlappe 4 Euro 99 noch die Köppe hängen ließen. Da ich nicht wusste, wohin damit, stellte ich sie mit den Herzchenpralinen auf den Wohnzimmertisch. »Dad, die Sachen im Wohnzimmer sind meine!«, rief ich.

Er antwortete: »Alles klar! Ich weiß Bescheid!«

Dann konnte ich ja in mein Zimmer gehen und noch etwas chillen. Dummerweise schlief ich ein und wurde erst am nächsten Morgen von meinem schrägen Wecker geweckt.

Ich huschte ins Bad, ging duschen und wollte gerade aus der Dusche steigen, als ich volle Kanne auf den nassen Fliesen ausrutschte. »Na super«, schimpfte ich, »der Tag fängt ja geil an!« Schmerzverzerrt machte ich mich fertig und humpelte in die Schule. So ein Mist aber auch! Immer passiert so was, wenn man es gerade nicht gebrauchen kann.

In der Schule traf ich Julia und sagte ihr, dass sie sich bitte heute Abend Zeit für mich nehmen soll. »Es ist wichtig, Puppe, wir müssen reden!«

»Okay, dann um 8 Uhr auf unserem Kornfeldplatz!«, sagte sie und ging zu ihrer Schulfreundin.

Vier Stunden am Tag mussten wir kurz vor den Ferien noch in der Schule verbringen. Einziger Vorteil war, dass wir keine Schulbücher mit uns rumschleppen mussten. Dafür bekamen wir echt noch 'ne Sommerferienhausaufgabe auf: »Meine großen Sommerferien!« Aufsatz! Mindestens 10.000 Wörter. Als wenn wir in den Ferien nix Besseres zu tun hätten. Echt ey!

Also denn. Julia wurde nach der Schule von ihrer Mom abgeholt, weil ihr Gips endlich runterkam. »Huhu Jaaaaan, mein Liebling!«, rief sie aus dem Auto raus.

»Ach hallo, Frau Mutter von Julia!«, rief ich zurück, weil ich ihren Vornamen verpeilt hatte.

»Bis später dann«, sagte Julia im Vorbeigehen zu mir und brauste mit der Bordsteinraserin auf und davon.

Zusammen mit Gregor, der mir an den Hacken hing, schlenderte ich nach Hause. Hilfe, der hätte mit seinem blöden Gelaber auch gut zu der dicken Berta gepasst. Allerdings, wenn ich mal so drüber nachdenke, wenn die mit ihrem Gewicht auf seine Birkenstocklatschen trabt – aua!

Ich also schnell ins Haus und noch Teelichthalter, Teelichter und ein Feuerzeug eingepackt. Bis zum Abend versuchte ich zu chillen, was aber wegen Lea, meiner kleinen eifersüchtigen Zicke von Schwester, nicht so einfach war. Immer wieder zoffte sie sich mit unserer Halbschwester Greta. Ätzend, sag ich euch.

Echt sauer über den Affenzirkus unten im Wohnzimmer lief ich runter. »Was ist bei euch schon wieder los? Könnt ihr euch nicht einmal wie normale Mädels benehmen?«, fragte ich und sah hin zum Wohnzimmertisch. Da lag sie, offen und leer, die Schachtel mit den Herzchenpralinen, die Julia so liebte. »Alter, wer von euch Zimtzicken war das? Wer?«, schrie ich. Ich war voll wütend!

Beide zeigten mit gesenktem Kopf auf die jeweils andere. »Toll, echt klasse! Die bezahlt ihr mir. Ihr seid echt mega krass doof!« Diesmal schrie ich noch wütender.

Voll sauer machte mich auf zum Supermarkt, um neue Pralinen zu holen. Vor unserem Haus lief mir

Dad über den Weg. »Hi, mein Großer!«, rief er mir entgegen, als ich, den Tränen nah, nur sagte: »Ich schwöre, die Pralinen zahlen die beiden Hühner. Alle haben die aufgefuttert – ohne zu fragen!«

»Och ne, das ist nicht dein Ernst, oder? Ich rede mit ihnen!«, sagte Dad und ging rein.

Im Supermarkt bekam ich nur noch Herzchenpralinen mit Erdbeergeschmack. Hoffentlich mochte Julia die auch.

Wieder zu Hause, packte ich, denn es war bereits 19 Uhr, den Picknickkorb fertig und düste mit dem Rad zu Julia. Bis 21 Uhr 30 durfte ich draußen bleiben. Sondergenehmigung von Dad.

Am Kornfeld angekommen, breitete ich die mitgebrachte Decke aus und stellte alles schön hin. Nein, nicht alles. Mist! Ich hatte die Rosen vergessen! Dann eben ohne. Ich stellte die Teelichthalter auf und wartete darauf, dass Julia kam.

Endlich war sie da! »Hi, meine Puppe. Komm mal her. Du, es tut mir leid, dass ich dich vorgestern so schräg angemacht hab. Ich bin im Moment einfach etwas genervt«, sagte ich leise und nahm dabei ihre Hand.

»Das ist ja süß von dir!« Sie lächelte mich an. »Entschuldigung angenommen!« Was war ich froh! Wir knutschten erst mal 'ne Runde.

»Komm, ich habe da was vorbereitet«, sagte ich und wir setzten uns auf die Decke.

»Wow, meine Lieblingspralinen! Und Eistee hast du auch! Danke, mein super Sportler, das ist sehr lieb von dir.«

»Für dich immer wieder gerne!«, sagte ich und reichte ihr den kühlen Drink.

Wir lagen uns in den Armen, schauten zum Himmel und knutschten immer wieder, bis es langsam dunkel wurde. Und jetzt, Puppe, dachte ich, kriegste Romantik à la Jan. Schnell holte ich das Feuerzeug raus und zündete die Teelichter an. »Ich hab dich voll lieb, Puppe!«, flüsterte ich ihr ins Ohr.

»Ich dich auch! Das ist voll schön.«

Wir knutschten und bemerkten gar nicht, dass die Teelichthalter umfielen. Erst als es auf einmal um uns herum sehr hell wurde und laut zu knistern begann, schauten wir uns entsetzt um und schrien um unser Leben.

»Hilfe, es brennt!« stieß ich hervor.

»Hilfe, Mama, es brennt!«, schrie Julia.

Es dauerte nicht lange, da kamen alle vom Hof zu uns herüber.

»Was habt ihr gemacht?«, fragte Julias Mom außer Atem und schaute entsetzt auf das Feuer.

»Der Jan wollte sich nur mit einem romantischen Abend bei mir entschuldigen«, erklärte Julia.

Ihr Dad und die anderen vom Hof hatten das Feuer im Kornfeld nach kurzer Zeit gelöscht.

Na Halle-Julia!

»Zum Glück ist euch nix passiert!«, rief Julias Dad. »Bring den Jungen nach Hause!«, sagte er zu seiner Frau. So fuhren Julias Mom, Julia und ich über zig Bordsteine zu mir nach Hause.

Julias Mom erklärte Papa, was passiert war. Der war nicht gerade begeistert, aber ich konnte doch echt nix für. Das gab 'ne Standpauke, sag ich euch.

Nach den Ferien sollte ich für eine Weile auf dem Feld mithelfen. Was freute ich mich drauf – echt super!

Tja, das hat man davon, wenn man seiner Schnecke mal 'ne Freude machen will. Jeden Tag durfte ich nun 100 Mal die Sätze »Ich darf im Kornfeld keine Kerzen anzünden« und »Ich darf kein Feuerzeug benutzen« schreiben. Spitze! Es wurde Zeit, dass die Ferien begannen.

Die großen Ferien

Ist ja nicht so, als wenn man Langeweile hätte …

Die ganzen Monate, die man in der Schule ist, pauken muss und so, das ist schon anstrengend. Doch was tun, wenn man in den Ferien nicht voll durchgeplant ist?

Zwei Wochen fuhr ich in diesem Jahr mit Papa, seiner Freundin und ihrer Tochter, also meiner Halbschwester, und meiner Schwester weg. Da ging es dann ab nach Polen. Die kaufen dort gerne viel und billig ein. Kofferweise, das sag ich euch. Da kann man sich echt nur fragen, was die mit dem Zeug wollen. Vom letzten Urlaub war noch alles Gekaufte im Schrank deponiert. Ich fand das volle Kanne Geldverschwendung, aber nein, die Erwachsenen sagten, das wäre günstig und man könnte ja schließlich nie wissen …

Aber was sollte ich die anderen vier Wochen der großen Ferien machen? Chillen und Pläysi zocken war klar. Max war bei seiner Oma in Dänemark, Felix bei seiner Tante in Amerika. Alle waren wech, nur ich hockte hier rum.

Drei Tage lang dachte ich nach. Dabei kam ganz schön der Kopp ins Schwitzen. Dann nahm ich mein Handy und schrieb: »Hi Mom, was machste?«

»Hey Jan, wie geht es dir? Ich bin unterwegs, warum fragst du?«

»Kann ich in den Ferien zu dir kommen?«

»Was sagt Papa dazu?«

»Och, der ist eh nie da, der muss arbeiten!«

»Von mir aus ja, aber da müssen wir erst Papa fragen!«

»Okay, heute Abend?«

»Ja, dann mach das!«

»Ne ne, du kommst und wir können direkt los!«

»Ne, Jan Becker, klär das zuerst, und dann sehen wir weiter!«

»Och menno!«

Ich wartete also bis zum Abend, und als Papa endlich nach Hause kam, fiel ich ihn direkt an. Seine Laune war gut, und das musste ich ausnutzen. »Papailein!«, schmunzelte ich ihn an.

»Okay, was hast du jetzt schon wieder ausgefressen?«, fragte er mich direkt.

»Nix! Muss ja nicht immer was sein, oder?«

»Ne, aber bei dir schon!«

»Papi, bitte, ich will so gerne bei Mom Urlaub machen!«

»Wann?«

»Heute Abend noch?«

»Ja, ne, is klar! Ich rufe deine Mutter gleich mal an. Aber erst mache ich mich fertig und esse was. Danach telefoniere ich mit ihr!«

Ich schwöre, das dauerte so lange, dass es mir vorkam, als wenn ein ganzer Tag vergangen wäre.

Das kennt ihr bestimmt: Vorfreude ist die schönste Freude, aber dabei kommen einem manche Dinge wie die Ewigkeit vor.

Als ich den Abendbrottisch deckte, rief Julia an. Die fuhr mitten in der Nacht los zum Flughafen, weil sie mit ihren Eltern nach Ägüpten flog. Volle drei Wochen. Krass lang. Ja, und na ja, weil wir uns nicht mehr sehen konnten, wünschte ich ihr einen guten Flug und sie mir eine schöne Zeit. Dann meinte sie noch, dass ich lieb sein sollte und die Mädels alle nur doof wären.

Is klar!

Dann – es war schon 20 Uhr, voll spät – rief Papa endlich Mom an.

Ui, die beiden mussten sich wohl wieder wahnsinnig lieb haben, so laut, wie Papa tobte. Super, dann war das Thema auch erledigt. Wie immer, wenn die beiden sich inne Köppe hatten.

So saß ich traurig auf meinem Bett und grübelte: Warum können Eltern nicht normal sein? Ewig streiten die sich rum. Echt nicht zum Aushalten. Und wer muss es ausbaden? Richtig, wir Kinder!

Na ja, Dad kam dann irgendwann zu mir – bestimmt 'ne halbe Stunde später – und sagte: »Gut, Mama kommt dich morgen früh um 10 Uhr abholen. Aber nur für vierzehn Tage. Und du meldest dich auch mal hier, klar?«

»Cool, danke! Dann pack ich schon mal ein paar Sachen ein!«, sagte ich und umarmte Papa, der offenbar in Parfum gebadet hatte.

Dass meine Mom voll cool drauf ist, wisst ihr ja schon. Und ich hatte da noch was vor. ☺ Ja richtig, könnt ihr euch dran erinnern? Genau, ich musste unbedingt mal mit ihr Motorrad fahren. Mom erzählte immer, wie voll cool das war, also musste ich das austesten.

Außerdem machte meine Mom jeden Quatsch mit. Mal sehen, wie das bei ihr jetzt so lief. Vielleicht immer noch so cool und krass wie früher. Ich würde es sehen.

Boah, ich war so aufgeregt, dass ich nicht einschlafen konnte. Da Mom mit mir coole Sachen shoppen gehen würde, packte ich gar nicht erst so viel Zeug ein. Hahahahahaha! Die versteht, was trendy ist. Nicht so wie Papa, der immer nur langweilige Sachen trägt und auch nichts Spannendes für uns Kinder kauft. Aber okay, Geschmäcker sind ja bekanntlich verschieden.

Irgendwann schlief ich dann wohl doch ein.

Als ich aufwachte und auf die Uhr sah, war ich völlig erschrocken. Es war schon 9:45 Uhr. Mama wollte doch um 10 Uhr da sein. Also schnell raus aus dem Bett!

Doch was musste ich hören – und gleich danach auch sehen –, als ich die Treppe runterschich? Mama war schon da und stand mit Papa im Flur. Die beiden waren mal wieder voll in ihrem Element. Wie immer war nix als Zoff zwischen den beiden.

»Guten Morgen!«, sagte ich, als ich unten angekommen war.

Die beide grüßten zurück und Papi ging erst mal in die Küche.

»Tut mir leid, Mama, ich habe verschlafen!«, sagte ich leise und senkte den Kopf.

»Nicht so schlimm, mein Schatz! Mach dich in Ruhe fertig und dann fahren wir frühstücken, okay?«

»Au ja!«, sagte ich freudig und umarmte Mom, bevor ich ins Bad rannte, mich duschte, stylte und dann anzog. Ich konnte es kaum erwarten, endlich aus dem öden Home zu kommen.

Wir verabschiedeten uns von Dad und liefen zu Moms neuem Auto. Also flotte Karren hatte die ja immer schon gehabt, aber nun fuhr sie eine Familienkutsche.

Schnell platzierte ich mich auf den Beifahrersitz, denn ich hasse es, auf den billigen Plätzen in der hinteren Reihe sitzen zu müssen. Mom fand meine Wahl nicht so dolle, erlaubte es mir aber. »Dass mir das kein Dauerzustand wird, Jan-Boy!«, moserte sie, sah mich dabei aber voll lieb an.

Auf jeden Fall gingen wir schön lecker frühstücken. Mom hatte mir schon gesagt, dass sie in der ersten Woche arbeiten müsse. In der zweiten Woche würden dann Hardi – und der ist voll chillig, macht aber auch gerne jeden Blödsinn mit –, sie und ich zusammen in den Urlaub fahren.

Mom sagte, dass das Ziel Monsterroller fahren sei. Bin mal gespannt. Wenn die so etwas Cooles mit mir vorhaben, dann hecken die für den Urlaub bestimmt was Anstrengendes aus und wollen nur nicht mit der Sprache rausrücken. Ich komme da schon noch hinter – hoffe ich.

Nachdem Mom und ich uns fett krass jeder drei Brötchen reingeschaufelt hatten, fuhren wir zu ihr nach Hause.

Und Jungs, bei so einer Mutter, da müsst ihr euch festhalten, denn die weiß, wo vorne rechts das Gaspedal ist.

Wir unterhielten uns, hörten Musik und lachten uns manchmal echt schlapp. Das ging so lange gut, bis auf den letzten Metern ein Stau aufkam. Ey, volle zwei Stunden standen wir auf der Autobahn! Schlimmer geht nimmer, dachte ich, aber dann kam irgendwie alles anders, als es endlich weiterging. Kurz vor der Autobahnabfahrt kam auf einmal ein Anruf rein. Also bei Mom auf dem Handy. »Soll ich drangehen?«, fragte ich.

»Von mir aus.« Mom nickte. »Musst dich aber mit meinem Namen melden!«

»Ach ja, du bist ja wieder verheiratet. Wie war der Name doch gleich?«, fragte ich.

»Jan, der lautet ›Liebkind‹.«

Lach weg. Was für ein Name! Ich drückte »Gespräch annehmen« und sagte frech: »Hier ist der Schröbbelsanschluss ›Liebes Kind‹! Wer ist denn da?«

»Wer ist da, bitte?«, fragte eine junge Frau.

»Liebes Kind!«, antwortete ich. Mama war voll am Lachen. »Wen wollen Sie denn sprechen?«

»Ich wollte Frau Liebkind sprechen!«

»Ja, sagte ich doch. Und ich bin das liebe Kind von Frau Liebkind. Also, was kann ich für Sie tun?«

Nun lachte die Frau ebenfalls: »Ach so, dann bist du Jan! Hier ist Cornelia Berger! Ist deine Mutter in der Nähe?«

»Öhm, ja, ist sie, aber sie sitzt am Steuer und muss Auto fahren. Worum geht's?«

»Hey Conny, was ist los?«, mischte sich Mom ein.

»Du, ich brauch deine Hilfe. Im Büro geht es drunter und drüber. Kannst du mal reinschauen?«

»Wenn's sein muss, komme ich gleich vorbei. Mein Sohnemann ist aber zu Besuch und ich habe nicht viel Zeit.«

»Gut, dann bis gleich!«, sagte diese Conny und legte auf.

»Mama, wer war das?«

»Ach, Jan, das ist 'ne ganz liebe Frau, die Conny, aber voll chaotisch! Die muss noch viel lernen!«

»Aha, was denn?«

»Komm, wir fahren eben ins Büro und schauen mal, was sie angestellt hat, okay?«

»Ja, okay. Hast du viele Leute im Büro?«

»Nein. Normalerweise bin ich allein, aber manchmal hab ich jemanden da, der mir hilft.«

»Ach so.«

Es war ätzend schwül. Zum Glück hatte Moms Auto eine Klimaanlage, sonst hätte ich in drei Liter Sprudel duschen müssen. Die Mucke schön laut aufgedreht, brauchten wir zwanzig Minuten.

Bei Moms Büro angekommen, stiegen wir aus dem Saunaauto aus und liefen durch die temperierte Wüste bis in die Ich-fall-um-Sauna – so musste man Moms Büro nennen. »Alter, habt ihr keine Klima oder was?«, stöhnte ich auf.

»Doch, eigentlich schon!«, sagte Mom genervt. »Hi Conny, was ist los?«

»Hi, die Klimaanlage ist ausgefallen. Und das, wo ich heute noch vier Stunden hier arbeiten muss.«

Conny stöhnte. »Aber wie soll das gehen, wenn es hier heißer ist als in der Sauna?«

Mom wollte schon den Hausmeister rufen, als ich die Klimaanlage Marke Baukasten an der Wand hängen sah. Ich ran an das Ding, und was musste ich sehen? Ein Stecker hing runter! Hm, dachte ich. Sieht aus wie ein Stecker, ist ein Stecker, passt auch in die Steckdose. Ein leises Summen ertönte.

»Jan«, hörte ich Mom rufen, »was machst du da?«

»Öhm, ich hab da nur mal den Stecker reingemacht, und jetzt geht's wohl wieder!«, antwortete ich.

»Ne, oder?« Mom kam angelaufen und ließ sich zeigen, was ich gemacht hatte. »Conny, bist du eigentlich blind, oder was ist mit dir los?«

Nun kam auch Conny herbeigelaufen. »Sorry, ich hab das nicht gesehen!«, wimmerte sie.

Da fiel mir nichts zu ein und ich musste grinsen.

Mama, die das sah, schüttelte lachend den Kopf und fragte mich: »Jan, was sollen wir heute Schönes machen?«

»Och, wenn de mich so fragst, lass uns schwimmen gehen!«

»Okay. Freibad oder See?«

»Hm, ich bin für See!«

»Na, dann lass uns abhauen. Hier haben wir ja alles geklärt!« Sie klopfte Conny auf die Schulter, der das alles wohl krass peinlich war. »Bis morgen, Conny!«

»Tschöööööö mit öööööö!«, rief ich ihr zu und latschte mit Mom zum Auto.

Also fuhren wir zu ihr nach Hause. Dort packte ich als Erstes die Tasche aus, um meine Badehose rauszusuchen. Und dann – aaaaah – war für mich Urlaub angesagt.

Und der begann mit einem Badenachmittag und setzte sich am nächsten Tag mit Moms Geburtstag fort …

Moms Geburtstag

Also, mein liebes Muttilein hat ja immer im Sommer Geburtstag. Diesmal war es zu Beginn der Ferien, als ich gerade einen Tag bei ihr war.

Hardi und ich morgens ganz früh aufgestanden, geduscht, uns fertig gemacht und mit den Fahrrädern zum Bäcker gefahren. Voll peinlich, wenn ein cooler Typ wie ich mit Moms Bike durch die Stadt brettern muss. Aber okay, ein eigenes Rad machte da wenig Sinn. Würden die beiden mir eins kaufen, müsste ja immer ein neues Rad gekauft werden, weil ich wachse und wachse und wachse. Dumm nur, dass meine Füße schneller riesig werden als ich selbst. Aber das ist ein anderes Thema.

So düste ich hinter Hardi her, der mit einem Affenzahn voll weit oben auf seinem Fahrrad vorfuhr. Ich kannte mich in dem Kaff, in dem die leben, ja zu der Zeit noch nicht aus. Kreuz und quer ging es durch die Straßen. Überall schossen Räder aus den Querstraßen. Voll gefährlich, wie die da fahren.

Aber kennt ihr das Münsterland? Da gibt es sogar wie in vielen Großstädten einen riesigen Zoo. Da waren wir mal mit der Schule. Aber Mom und Hardi leben auch in der unfreundlichsten Fahrradstadt der Welt. Nirgendwo anders wird so krass gefahren wie dort. Jetzt verstehe ich volle Kanne, warum die beiden das immer sagen.

Weiter ging es durch einen Park. Wären wir nur durch die Straßen gedüst, wären wir nach zwei Minuten beim Bäcker gewesen, aber nein, Hardi meinte ja, Frühsport treiben zu müssen, und rauschte von einer Gasse und Straße in die nächste und wieder zurück, nicht ohne auch noch diesen Park zu durchqueren. Der hat auch zwei riesige Bolzplätze, zwei Tennisplätze, eine Wasserbrunnenanlage und zwei Spielplätze. Mega Anlage so mitten in der Stadt. Dafür sonst nur Einbahnstraßen und, wie gesagt, voll wilde Radfahrer.

Weiter ging es an der Post vorbei, wieder auf den Radweg des Bürgersteigs bis hin zum Bäcker. Also wenn die im Urlaub auch dauernd mit dem Rad fahren, dann bin ich mal nur dabei, wenn ich 'n cooles Mountainbike bekomme. So ein 7-Gang-Rad geht mal gar nicht.

Als Hardi und ich beim Bäcker an der Theke Brötchen bestellten, fragte ich ihn: »Sag mal, hast du für Mom einen Kuchen gebacken?«

»Ne du, das kann ich nicht«, antwortete Hardi.

»Sollen wir einen kaufen? Welchen isst Mama denn am liebsten?«, fragte ich.

»Den kann deine Mutter besser selber machen, dann schmeckt der auch.«

»Was? Heute ist doch ihr Geburtstag, da soll sie sich mal verwöhnen lassen! Komm, wir kaufen einen!«, bettelte ich ihn an.

»Ja, das machen wir. Da hast du recht. Deine Mutter isst am liebsten Marzipantorte«, sagte er.

Wir direkt in den Supermarkt rein, zum Tiefkühlfach gelatscht und eine Torte für schlappe 14 Euro gekauft. Ganz schön teuer!

»Du, Hardi?«, sagte ich mit fragendem Blick.

»Ja, Jan!«

»Ich habe mein Geld bei euch liegen lassen. Kannst du mir bitte etwas für Blumen leihen? Ich gebe dir das gleich wieder.«

»Wie viel brauchst du denn?«, fragte Hardi.

»Weiß nicht, wie teuer die sind.«

»Hier sind 10 Euro, schau mal, was du dafür bekommst«, sagte er und reichte mir den Schein.

Ich lief schon mal zum Floristikladen vorne im Gebäude und schaute mich um. Eine Verkäuferin kam zu mir und fragte: »Na Kleiner, was möchtest du denn haben?«

»Hi, ich bin nicht klein!«, protestierte ich. »Ich brauche Blumen zum Geburtstag für meine Mom!«, sagte ich empört.

»Was dürfen die denn kosten?«, fragte sie völlig genervt. Die hatte ihren Job total verfehlt. Und Kinder wird die niemals haben, wenn die immer so ruppig ist.

»Ich dachte so an 5 Euro!«, sagte ich gut gelaunt. »Aber es muss schön aussehen!«

Na, die schaute vielleicht dumm aus der Wäsche. »Das ist ja nicht gerade viel. Nimm doch einen Blumentopf! Ich mache dir eine Folie drum, damit es schön aussieht!«

»Aber ... okay, so eine Blume im Topf hält bestimmt viel länger als frische Blumen! Aber die muss in einem schönen Topf sein!«, sagte ich frech.

Die Verkäuferin zeigte mir die Blumen, die sie so im Angebot hatte, und ich entschied mich in aller Ruhe für ein kleines Pflänzchen, das winzig rot blühte und einfach süß aussah.

»Die nehme ich, bitte!«, sagte ich.

»Da hast du dich gut entschieden. Da wird deine Mama sich aber freuen!«, sagte sie mit einem schrägen Gesichtsausdruck und richtete das Blümchen, so klein und zart, mit Folie hübsch auf.

»Das macht dann 2 Euro 90«, sagte sie und ich drückte ihr den Zehner in die Hand. Vergebens wartete ich auf mein Rückgeld.

»Ähm, 'tschuldigung. Ich kriege noch Geld wieder. 7 Euro 10!«, sagte ich sauer zu der Verkäuferin.

»Ne ne, mein Junge. Da musst du dich irren!«, meinte sie.

Zum Glück kam jetzt auch Hardi. Ich erzählte ihm, was passiert war, und er sprach freundlich, aber bestimmt mit der Verkäuferin. Die fühlte sich erst als Dummerchen hingestellt und wollte das Geld nicht rausrücken, aber nachdem Hardi gedroht hatte, die Polizei zu rufen, gab sie dann doch das Rückgeld raus.

»Leute gibt's! Überall wird man nur beschissen!«, fluchte Hardi laut. »Dass die sich nicht schämen, vor allem bei Kindern!«

Die Räder von Mom und Hardi hatten beide Körbe auf dem Gepäckträger. Das war praktisch, denn so konnten wir unsere Einkäufe darin ablegen, bevor wir nach Hause düsten. Während wir durch den Park fuhren, fragte ich Hardi, ob er Mom keine Blumen schenken würde. Darauf sagte er: »Deine Mutter mag keine Blumensträuße!«

»Echt? Krass! Jede Frau freut sich doch wohl über Blumen!« Das konnte ich gar nicht glauben. Hoffentlich fand sie dann wenigstens meinen Blumentopf gut.

Wir, endlich zu Hause angekommen, lenkten die Räder in die Garage. Da fiel doch, noch ehe ich Moms Rad richtig auf dem Ständer hatte, das dumme Teil einfach um! »Oh nein«, rief ich, »die arme kleine Blume! Hardi, das wollte ich nicht!«

Hardi, der zuerst komisch geguckt hatte, lachte dann aber und sagte: »Ja, ich muss dringend den Ständer reparieren, aber ich schaffe das nicht, weil ich immer so viel arbeiten muss und nach Feierabend einfach keine Lust mehr dazu habe. Aber es ist nicht so schlimm, mein Auto hat ja nichts abbekommen!«

Puh, welch ein Glück!

Wir gingen in die Wohnung, um in der Küche – Mann, ist die eng! – den Tisch zu decken. Mom war schon im Bad zugange. Kaffee aufgesetzt, die Torte ausgepackt, Kerzen draufgesteckt! Hardi gab mir sein Feuerzeug, damit ich die Kerzen anmachen konnte. »Aber erst, wenn sie mit geschlossenen Augen in die Küche kommt.«

Und da kam sie auch schon, fertig gestriegelt und eingedieselt, Mannomann! Das roch gar nicht mal schlecht, eigentlich sogar richtig gut, aber es war eindeutig zu viel. So viel Parfum riecht man nicht mal im Parfumhaus.

»Augen zu!«, riefen Hardi und ich.

Mom tat es und Hardi führte sie zu ihrem Platz. Schnell machte ich die Kerzen an, und dann fingen Hardi und ich an zu singen. Unser »Happy Birthday to you« klang krumm und schief. Hardi kann mal gar nicht singen. Seine Gesangskarriere ist beendet, ehe sie anfängt. *Lach weg.*

Mama machte die Augen auf und lachte. Wir gratulierten ihr und sie freute sich wie ein Kind. »Das ist aber schön!«, sagte sie mit einem voll netten Lachen.

»Möchtest du Kaffee haben?«, fragte ich sie und lief schon mal zur Kaffeemaschine.

»Ja gerne. Da ist lieb von dir!«, antwortete sie und betrachtete das Pflänzchen mit einem Lächeln.

»Ja, die hatte eben einen kleinen Unfall«, flüsterte ich und goss Kaffee in ihre Tasse. Dummerweise verbrannte ich mir an der heißen Glaskanne die Finger. Erschrocken lockerte ich den Griff, sodass mir die Kanne aus der Hand rutschte. Ausgerechnet auf Moms weiße Hose. Auch sie war voll erschrocken, konnte die Kanne aber noch mit einer Hand auffangen, sodass sie nicht zu Bruch ging. Schnell schob sie mit der anderen Hand die Torte ein bisschen nach hinten – und *schwuppdiwupp* brannten ihre Servietten, die auf dem tief hängenden Regal als Deckchen lagen. »Auweia, es brennt!«, schrie ich. »Es tut mir leid, Mami!«

So schnell habt ihr noch keinen Ostfriesen Feuerwehrmann spielen sehen. Ich schwör es euch!

So ein Mist. Alles lief anders als geplant.

Mom machte sich frisch und zog sich um, während Hardi und ich, nachdem der Brand gelöscht war, das Fenster aufmachten und lüfteten.

Dann – endlich! – konnten wir frühstücken. Was für ein Tag! Es konnte nur besser werden.

Am Tisch musste Mom auf einmal lachen. Hardi und ich schauten uns wie doof an. »Ihr seid mir zwei«, rief sie. Wir konnten nur noch mitlachen.

»Was machen wir denn heute Schönes?« Mom sah uns fragend an.

»Wie? Musst du denn gar nicht arbeiten?«, wollte ich wissen.

»Nein, heute machen wir was zusammen!«

»Cool! Dann schlag was vor!«

Hardi kam gleich auf die brillante Idee des Tages: »Sollen wir Kart fahren gehen?«

»Ja wie krass ist das denn? Echt?« Ich war voll aus dem Häuschen.

»Alles klar, Männer, gehen wir Kart fahren!«, sagte Mom und freute sich wie ein kleines Kind. Das war nämlich ihr Hobby. Soll man gar nicht meinen, dass Mütter so was als Hobby haben, aber meine Mom schon.

Schnell räumten Hardi und ich den Tisch ab. Dann zog ich mir was anderes an. Hardi und Mom holten ihre Helme. Ich bekam den vom letzten Mal, da der mir immer noch gut passte. Und schon saßen wir im Auto. Nein, Hilfe! Endlose Kilometer waren das bis zum Kart-Zentrum. Unterwegs hatte Hardi das Steuer fest im Griff und Mom das Radio.

»Du, Mama, das mit dem Kaffee tut mir leid«, sagte ich leise.

»Jan, alles gut«, sagte sie. »Das kann jedem mal passieren. Auch ich verschütte manchmal Kaffee – öfter, als man denken würde! Wir machen uns heute einen lustigen Tag und gut ist. Über solche Schlamassel nachzudenken, lohnt sich nicht!«, meinte sie dann. Aber ich konnte Mom ansehen, dass sie sich mächtig an dem Kaffee verbrannt hatte. Wenn sie meinte, dass ich nicht hinsah, verzog sie ihr Gesicht. Bestimmt hatte sie Schmerzen. Dennoch fand ich cool, dass sie so reagierte. Ich konnte ja auch wirklich nix dafür.

Endlich beim Kart-Zentrum angekommen, sprang ich direkt raus und wartete auf Mom und Hardi. Tickets gebucht. Mehrfachkarten gekauft, weil es billiger ist. Erwachsene zahlen für 'ne Zehnerkarte stolze 80 Euro. Für mich zählte der Kindertarif: 55 Euro. Die machen gerne mal teuren Spaß, aber übertreiben tun sie es nicht. Dafür sind sie viel zu geizig. Mama ist das normalerweise nie gewesen, aber irgendwie – echt wahr – stimmt, was man so hört: Je älter, desto bescheidener. Komische Welt! Wie Menschen sich im Laufe der Jahre verändern. Aber mir egal. Solange ich ein gutes Taschengeld habe, passt es. Ich schmeiß mein Geld ja auch nicht zum Fenster raus.

Wir gingen an den Start und fuhren uns erst mal warm. Das erste Rennen ist immer so langsam. Bis man den Rhythmus oder eher die Strecke im Kopf hat, sollte man schon einige Runden drehen.

Ich muss aber echt sagen, dass Mom und Hardi voll krass schnelle Fahrer sind. Die waren an dem Tag auch viel schneller als ich. Kein Wunder, die dürfen ja auch die großen Karts fahren und nicht so eine lahme Krücke wie ich, bei der de gleich nebenherlaufen kannst.

Echt wahr!

Nach dem dritten Mal war mir klar, dass dieses Rennen nicht meines wird. Am liebsten hätte ich die Brocken geschmissen. Aber aufgeben gilt nicht! Hey, es war ein geiler Spaß und außerdem Moms Geburtstag. Wann hatte ich schon mal Gelegenheit, Kart zu fahren? Papa macht so was ja nicht.

Bin mal gespannt, wann Mom mich endlich auf der Maschine mitnimmt. Das will ich wohl als späterer Motorradfahrer mal ausprobieren und testen. Wenn die auf dem Motorrad aber genauso heizt wie im Auto und im Kart, dann ist wohl Anschnallen angesagt, was auf so fetten Dingern ja nicht geht.

Nach dem dritten Rennen brauchte Mom eine Pause. Wir setzten uns draußen hin, verglichen unsere Geschwindigkeit und die Rundenanzahl, die wir absolviert hatten, und bestellten uns kalte Getränke.

Mom blieb sitzen und filmte mit dem Handy das Rennen zwischen Hardi und mir. Sie lachte immer wie wild, wenn wir an ihr vorbeibrausten. Vollgas! Adrenalin pur! Solltet ihr unbedingt mal ausprobieren. Das macht echt Spaß!

Auf jeden Fall fuhren Hardi und ich drei Rennen direkt nacheinander, wovon ich zwei gewann. Hardis Monster-Kart hatte wohl einen Defekt. Zunächst schien es erst mal so. Doch darüber nachgedacht, wollte er mich wohl nur gewinnen lassen.

Ein Rennen war krass: Wir fuhren Kopf an Kopf. Und immer wieder überholten wir uns gegenseitig. So machte das richtig Spaß! Zumindest bis die scharfe Kurve kam und ich noch schnell überholen wollte. Hardi sah sich um, und statt die Kurve zu nehmen, rauschte er voll gegen die Leitplanke. Wow, gab das einen Knall!

Schnell hielt ich an, stieg aber nicht aus. Ich schaute zu ihm rüber, öffnete das Visier und fragte ihn, ob alles okay sei.

»Fahr weiter!«, schrie er und winkte ab. Gekonnt befreite er sich und fuhr weiter. Drei Runden konnten wir noch fahren, bis das Rennen beendet wurde, weil man ja nur ein bestimmtes Zeitfenster hatte – gerade mal 12 Minuten. Viel zu kurz, aber voll geil!

Wir setzten uns wieder auf die Terrasse und beschlossen, etwas zu essen. Hardi nahm Schnitzel mit Pommes und Salat und ich bestellte mir 'nen fetten Burger mit Pommes. Mom entschied sich für Pizza. Dazu gab es 'ne Runde kühle Getränke. Während wir auf das Essen warteten, genossen wir den Motorenlärm der Karts, die die Rennstrecke eroberten.

Nach mehr als 30 Minuten kam endlich unsere Bestellung. Was für Portionen! Da hätte man sich auch zu dritt was teilen können, so viel war das.

Beim Essen unserer wuchtigen Mahlzeit rutschte Mom beim Schneiden der Pizza ein großes Stück vom Teller. Diesmal war Hardis Hose dran, denn die Cola kippte um. Aber damit nicht genug. Auf der Terrasse schwirrte es nur so von Bienchen, die wohl auch mega Hunger hatten. Und zwar auf meine Mom. Eine Biene setzte sich auf ihre Hand, und als Mom nach ihr schlug, stach sie zu.

Was für ein Geschrei! Da Mom auch noch gegen diese Viecher allergisch ist, durften wir zahlen und direkt ins Krankenhaus fahren. Innerhalb von ein paar Minuten schwoll Moms Hand an. Auch der Arm wurde dick. Und ihr Gesicht! Wahnsinn, das hatte ich so noch nicht gesehen.

Wie gut, dass die nächste Klinik nur ein paar Minuten entfernt war. Dort bekam sie ein Gegengift und musste bis zum nächsten Tag dableiben.

Hardi und ich gönnten uns einen chilligen Fußball-TV-Abend. Was sollten wir sonst auch machen. Das nenne ich mal Männerabend.

Am nächsten Morgen nach dem Frühstück holten wir Mom aus dem Krankenhaus ab und machten uns einen entspannten Tag im Park. Sie tat mir irgendwie leid bei all den Erlebnissen an einem Tag, an den sie ja eigentlich nur schöne Erinnerungen haben sollte.

Hoffentlich würde das in unserem Urlaub nicht auch so werden, das wäre echt Mist.

Mit Mom in ein Gespräch verwickelt, wollte ich herausbekommen, was wir im Urlaub machen würden, aber bis auf die Sache mit dem Monsterrollerfahren verriet sie nix. Voll gemein!

Aber das Warten, da war ich mir sicher, würde sich lohnen!

Und jetzt bin ich voll gespannt auf den Urlaub mit Mom und Hardi. Hauptsache, die wollten nicht jeden Tag auf Berge kraxeln, wie ich es bei Mom schon rausgehört habe. Dann bin ich da voll raus, denn Kilometergeld bekomm ich ja nicht.

Wozu hat überhaupt jemand die Seilbahn erfunden? Eben, damit man sich nicht abrackern muss. Warten wir mal ab, was da so passiert. Ich werde euch von meinem Urlaub berichten, versprochen. Und von jeder Menge Blödsinn, den ich gemacht hab, das ist sicher. Freut euch also schon mal auf mein Buch »Jans super mega Sommerspaß!«.

Zum Schluss …

Manchmal muss man einfach erwachsener werden. Ich bin zwar gerne Kind, aber ich kann auch schon wie ein Großer sein.

Doch eines verspreche ich euch: Ich bin lieber ein Bengel als ein Engel. Die Mischung macht's!

Das nächste Mal wird wieder gelacht, was das Zeug hält. Denn dazu gibt es allen Grund. Also freut euch jetzt schon auf meine gewohnt krassen und vor allem witzigen Storys.

Hat euch dieses Buch gefallen? Dann verschenkt es oder empfehlt es weiter. Ich würde mich freuen.

Im Internet findet ihr den Verlag, für den ich schreibe, unter:

www.Jakobs-Verlag.de

Voll krass ey!